女人們！

伊丹十三

張秋明——譯

女たちよ！

【推薦序】

伊丹先生，你有郵件待領

《鏤空與浮雕》作者　范俊奇

我不是太確定。不確定老年的伊丹十三有沒有替自己養成給心愛的人寫信的雅興。就算他有，我也相信那信的篇幅遠遠不及我想像中的豐富。並且——我偷偷望過去，他寫的時候嘴角微微揚起，眼裡透出一絲促狹的意味，一定又是在信裡重提他年輕時的風流事蹟，因此很顯然的我猜，這不會是給年輕的自己寫的一封告解信。

伊丹十三老了。但伊丹十三就算老了，老得已經走到了山河風流的窮途末路了，可每一次和生活比劃，沒有一次不是占盡上風的，所以實在沒有必要向收信的人投訴他在生活裡受到了什麼樣的委屈。即便日子再怎麼風靜雲窄，每一天對他來說，其實都是鑽進煙花柳巷，充斥著等待解開的神祕和刺激。所以我是那麼地相信，伊丹十三的一生如果不是半途跟命運僵持不下，讓寫壞了的劇本，魯莽地替他安排了一個充滿懸疑的結局，他即便到了很老很老的時候，依然還是會有暗中對他仰慕的女子偷偷給他寄上一把上好的菸斗，或是把一瓶風韻猶存的老酒，不動聲色地寄到他府上去。因此我是多麼樂意扮演信差的角色，按響門鈴之後對屋裡大喊，「伊丹先生，您有郵件待領！」

其實我也一樣好奇，到底什麼樣的郵件，以及什麼樣的寄件人，才會讓伊丹十三挑起他年老之後依然善於傳情的眉毛，有點神祕兮兮，又有點迫不及待，決定穿著他老愛把它形容成鶯糞色的草綠色毛衣，以及褲管一定要打褶他才肯套上去的灰色長褲，風一般從屋裡旋出來向我接領？這也是為什麼，凡是伊丹十三的郵件，我已經跟同僚們聲明，我非得要親自遞送不可，原因不外是我太想親眼領教伊丹先生澎湃的時尚氣勢——他真懂得穿，而且在英倫紳士風格和法式不修邊幅得接近腐敗的浪漫當中，駕馭自如。我還記得他提起，他有一雙像公牛血一樣的紅褐色皮鞋，穿到哪裡，哪裡就紳士也似的摩登而得體。

我喜歡伊丹十三，不是喜歡他在電影導演上掙得的驕人票房，而是喜歡他的文字魅力，很多時候掩蓋了他的導演功力，我常常讀著讀著，就把他的一生讀成一部有著散文格式的小品遊記，筆調如詩一般，活潑潑地撒了滿地的靈韻——而誰說不是呢？文筆俊秀的導演其實還真不少，比如大島渚，比如是枝裕和，但伊丹十三的好，好在他把他活過的明媚日子和他風流過的老好時光，都寫進書裡，讓它們實實在在地再活上一次——伊丹十三唯一不想重複的是，他不要像他祖母每一年從入梅時節就一路忙到入秋才醃漬完成的酸梅那樣，那味道雖然有著歲月酸中帶甘的滲入，卻幾乎是把整個沉重的人生也都一齊給醃了進去。

因此伊丹十三老是在強調，說他不是法國人，但實際上他和法國人太過相似，人生的目的就是度假，綿綿無盡的度假——不是工作，也不是尋歡作樂，而是單純的度假。因為度假比享樂高出好幾個層次。他喜歡的人生有點接近海明威所說的巴黎，是一個流動的饗宴，但他更喜歡的是，那綿長的饗宴裡頭，總是瀰漫著某種叫人欲罷不能，歡樂之後接踵而來的惆悵。

而人生總要走到後來才明白，徒勞無功的總是少年般喧鬧的春天，秋天才是欣欣向榮的，欣欣向榮地走進漸漸寂寥的萬籟俱寂。伊丹十三在他寫的書裡不是教會了我們種種和生活斡旋並且保證勝出的道理嗎？如果覺得把生命活成史詩是一件十分累人的事，也許可以參考伊丹十三自創的方程式，想盡辦法，和所有不能夠避免必須在一起生活的女人們和平相處。最重要的是，一定要隨時隨地，將自己活成一本活潑而多姿多采的雜文記，任誰隨便翻開哪一頁，都能感受到日子輕盈地跳躍，不一定每一天都要想方設法去討好生命，只要好像教徒做完禮拜之後，和神父輕輕地握手，然後抬起頭，彼此交換一種心有所屬卻又各有所思的虔誠就可以了。

尤其是伊丹十三沒有太宰治的頹廢。我記得太宰治寫過一段散文，說他活著好像可有可無，不過是混著過日子，他還說有人送他一套麻質的和服作為新年禮物，上面織著灰色的條紋，看起來應該是夏天穿的，於是他就決定下來，那好吧，那我就活到夏天過後再說吧。而這樣的想法從來不會在伊丹十三的腦海裡出現。伊丹是那種把生活的樂趣如數家珍，朗朗上口，比如現在這一本《女人們！》，你如果一路翻下去即將讀到，他的生活從來沒有郁悶和厭世這些個字眼，你從來沒有見過一個人可以通過這麼五花八門的手法，把生活過得每一天都好像是一種剛學會的樂器，總要興高采烈地吹得嗶哩吧啦才甘心。伊丹十三除了有一根好舌頭，懂得品味最精緻最美味的各國美食，他甚至一直讓自己處於一種可以為一個自己喜歡的人或一處自己喜歡的地方坐立不安的心情，而這其實是件多麼可喜可賀的事。

伊丹十三的好玩，好玩在他懂得把生命玩出種種新的面貌，他沒有對生命的結構和形態存有任何剪裁上的歧視。正如義大利人說的，生命是什麼？生命是Al Dente。意思就是，好像「義大利麵條的熟度」就對了。而有時候，無傷大雅的玩笑，手段優雅的惡作劇，都只是用來諷刺生命的無奈和無常，繼續率領自己風風火火地往下走下去的一種態度。伊丹十三應該懂得。伊丹十三一定懂得。

范俊奇（Fabian Fom）

出生於馬來西亞北部吉打州。新聞系出身。二十五年雜誌人經驗。前後當過三本女性時尚雜誌和一本男性時尚雜誌主編。目前服務於電視台中文組品牌研發部。

因雜誌人背景，多傾向於時尚、人文與人物書寫。訪問過明星與名人包括：港台歌手藝人羅大佑、楊采妮、黎明、劉嘉玲、梅艷芳、張曼玉、梁朝偉、郭富城、彭于晏、黃曉明等人。

專欄散見馬來西亞各報章（星洲日報、南洋商報、中國報）、雜誌（都會佳人、風華）及網媒，書寫類別包括：時尚、生活、旅遊、人物專訪、兩性課題、愛情小品、文學創作。

作品曾多次收錄於文學合集，《鏤空與浮雕》則是第一本個人作品。

【推薦序】

伊丹・Plus 十三

作詞家／作家　李焯雄

1. #Plus +

「伊丹十三」，是池內義弘的藝名，一九六〇年出道的時候，本來叫「伊丹一三」，一九六七年改名「伊丹十三」，「十」是「從『－』（Minus 負）轉為『＋』（Plus 正）」的意思。

2. #空空如也的容器

「就這樣我學習到各式各樣有用的常識。也讓這些有用的常識得以普及。然而這些都是向別人就教而來的，我自己本身——幾乎毫無內涵，不過只是個空空如也的容器罷了。」

伊丹一九六八年三十五歲時出版的《女人們！》開頭這樣寫。

真的是隨便任何一個容器嗎？伊丹絕對不會願意2020+的讀者腦補為「透明的寶特瓶」吧？〈嘴唇的觸感〉寫「我們的嘴唇和舌頭在不知不覺中已品嘗過餐具的味道，即便是喝相同的啤酒，用啤酒杯喝和用薄玻璃杯喝，味道就是很不一樣。」「我覺得該弧度是決定食器口感的重要因素。曲線較大者，也就是比較厚的和曲線較小的相比，大的在脫離嘴巴時更能留下餘韻。」。伊丹寫「酒、食物、汽車、時尚、女人、約會、愛情」好看，不正是在於他的風格——文字容器的觸感？風格就是作者的存在方式。這是個充滿了Passion的容器：Passion是「熱情」，也是「受難」——面對庸俗的那股「氣」，那股「難受」，所以伊丹會調侃，更會開罵。在傳授「義大利麵的正確作法」的時候會正色對讀者說，如果你還分不清，「那我將不再理你」。〈至死方休的病〉裡說「我說的是自己切身的經驗，請你一定要認真聽」語氣嚴厲（咦，不是說自己知道的都是聽回來的嗎？）。

3. #無內容

那句「空空如也」日文原文是「無內容な」。「無內容な」，可以理解為「無心」？伊丹說王貞治常簽「無心」給球迷，就是「物我不分」，「不思考」，因為過度的Plus，過猶及，就會背離原意，「自己敗給了自己」，他第一個不允許吧。

4. #正確　5. #常識　6. #存在價值　7. #自己和自己永無止境的戰鬥

伊丹一再強調「正確」的重要，他寫如何駕駛跑車、寫「白大悟」（Dagwood）三明治的正確拿法（他甚至親自繪圖，嗯，他也是插畫家）。「正確」不是「不犯錯」，不只是「常識」，其實是「人的資格考」。所以〈女伴〉寫男人邀約女人用餐「關乎到男人的所有存在價值」，〈跑車的正確開法〉寫「所謂開車就像是自己和自己永無止境的戰鬥」。儘管用現在的眼光讀，有些作品會政治不正確，伊丹寫飲食男女、行立坐臥，都是人生的寓言。

8. #演出　9. #虛擬實感

《女人們！》是伊丹十三還是演員時期的作品，〈每天早上的例行事〉以早餐作場景，「覺得好吃，端賴演出的用心與否」。活著，誰不在演？假戲真做，認真演，的確是人生劇場的一眾演員們唯一的存有。〈啊！真是丟臉〉寫演員面試，考默劇題：「考驗著表演者能否表現出每一個虛擬物體的真實觸感」。這何嘗不是每個作者都要面對的考題？「文字的效用在於培養將事物抽象化的能力，喪失這種能力的人，說話總是不得要領沒有重點」（〈討厭電視〉）。

10. #以嘴巴演奏交響樂

（不引書了，讀了《女人們！》就會懂）

11. #SenseOfProportion

伊丹批評日本人不適合穿西服，這大概就是他所說的「欠缺Sense of Proportion」（〈討厭電視〉）。他本人喜歡穿什麼呢？新潮社二〇〇五年出版的《伊丹十三の本》拍了他最喜愛的物件，頁211是一件類似唐裝，有盤扣的上衣。

12. #瞬間轉移

伊丹十三有一篇寫自己小時候生病，母親來打掃房間，將他連同整個被窩一起轉移到另一邊。「整個人躺在被窩裡一起被移動，對小孩子而言會是多大的奇蹟。會有多刺激呢？此一瞬間小旅行就是生病時的最大喜悅了。」伊丹的文字有玩心，忽起忽落，時假時真，鬆緊之間已經移步換影。〈耐人尋味的單車〉從汽車說到單車，突然飛來一筆說那就騎單車去柬埔寨吧：「就這樣在藍天下，只有自己腳下踩的法國寶獅（Peugeot）單車發出輕響，腦海中想到了家鄉、想到了女朋友，想到了過去與未來的種種。背著弓箭、帶著微笑的當地人赤腳踩著單車與我擦身而過。草原中的水塘裡，水牛和小孩子們一起沐浴。大概不會有比在吳哥窟周邊騎單車更具耐人尋味的交通工具吧，我靜靜地如是告訴自己後決定就此擱筆。」光，影、聲、色，然後，文章就結束了。

13. #Decay

伊丹十三的妹婿大江健三郎在伊丹自殺後出版的《作家自語》說：「他是一個在無奈之餘只能打倒對方時，卻好像殺了自己似的那種人物。潛藏在他身上的，就是這麼一種巨大的decay。」

這當然難免有點以結果找原因，可是如果Passion是「熱情」，也是「受難」，我們隔了這麼一段時光來讀《女人們！》，伊丹表面以文為戲，傷人七分，未嘗不自損三分，這真的是他「和自己永無止境的戰鬥」。

李焯雄

作詞家，作家，得過文學獎，也得過兩次金曲獎最佳作詞人獎，新媒體展《WeWORD 字我訂造：流行歌詞及其創造的》概念藝術家（二〇二二）。

歌詞作品有：莫文蔚〈愛〉〈不散，不見〉、陳奕迅〈紅玫瑰〉〈白玫瑰〉、張惠妹〈如果你也聽説〉、梁靜茹〈可惜不是你〉、蔡依林〈幸福路上〉〈檸檬草的味道〉、林宥嘉〈我總是一個人在練習一個人〉、魏如萱＋馬頔〈星期三或禮拜三〉、魏如萱＋許光漢〈什麼跟什麼有什麼關係〉、林憶蓮〈無言歌〉、王力宏〈兩個人不等於我們〉等。

文集《同名同姓的人》（有鹿文化）入選二〇一七年台北國際書展「書展大獎」（非小説類），給林憶蓮寫的歌詞〈一呼⋯一吸〉入選《二〇一八台灣詩選》（二魚文化）。

女人們！

伊丹十三

女たちよ！

致已分手的妻子

以及

尚未謀面的妻子們

到壽司店用餐結帳時，不可以將錢拿給站在櫃檯後面的廚師。因為他們是直接處理食物的人。這是作家山口瞳教導我的基本常識。

使用菜刀時，手要握在刀柄最前端，並伸出食指靠在刀背上才是正確做法。這是辻留師傅教導我的基本常識。

還有使用菜刀切菜時，正確做法是身體必須保持傾斜，讓菜刀和砧板形成直角。此乃對砧板和食材應有的禮節。這是我跟築地的田村師傅學到的基本常識。

點燃菸斗裡的菸草時，千萬不能使用瓦斯打火機。因為溫度過高會讓斗缽邊緣產生裂縫。這是白洲春正❶教導我的基本常識。還說菸斗忌諱接觸冷空氣，這是許多一邊開著跑車奔馳一邊叼著菸斗的人們常犯的通病。

吃東西時不發出任何聲音才是高雅的用餐禮儀，我是從石川淳的小說中學到的基本常識。

小笠原家中有用筷達人，使用筷子時頂多只沾染到最前端的六公釐處。我是在子母澤寬所著的《味覺極樂》讀到此一軼聞。

吃生魚片時，不應該將山葵醬融於醬油中。山葵醬直接沾附於生魚片上，不僅比較美味也更合於經濟。這是小林勇❷教導我的基本常識。

檸檬切成八等分時，直切是錯誤的做法。因為檸檬跟橘子一樣，裡面是一片片的瓢瓣；因此垂直下刀時，很可能有的瓢瓣沒被切到。法國人為了避免此一情形發生，會先交叉橫切兩刀呈X字形，再將每一片對切成兩片。這是福田蘭童[3]教導我的基本常識。

用Steinhäger琴酒和一種用樹皮製成的Underberg酒可以調配出名為「Eisen und Stahl」（鐵與鋼）的雞尾酒。這是長尾源一[4]教導我的基本常識。

對女人要強而有力、迅速達標。這是我向我所有的女性朋友身上學習到的。

還有女人的肋骨比男人的要粗、圓與短，而且更加彎曲。齒列也比男人的彎曲。這些我是從高中的生物課本以及所有的女性朋友身上學習到的。

就這樣我學習到各式各樣有用的常識，也讓這些有用的常識得以普及。然而這些都是向別人就教而來的，我自己本身——幾乎毫無內涵，不過只是個空空如也的容器罷了。

---

❶白洲春正：一九三二—，東寶東和電影公司社長。
❷小林勇：一九〇三—一九八一，曾任岩波書店會長。
❸福田蘭童：一九〇五—一九七六，日本尺八演奏家。
❹長尾源一：一九八一年日本青商會會長。

CONTENTS

■義大利麵的美味吃法

義大利麵是在何時引進日本的呢？單就我個人的記憶所及，像是出現在永井荷風的小說《冷笑》中：

「吸食完漂浮著青豆的熱清湯（consommé）和用完淋上白醬的蒸魚後，當服務生端出義大利焗烤通心粉（macaroni）時，只見一瓶葡萄酒已經喝到見底。」

還有夏目漱石的小說《三四郎》中：

「正要繞過圖書館旁邊走向正門時，不知從哪裡冒出來的與次郎突然大聲上前攀談。嘴裡嚷嚷著『喂！怎麼沒來上課？今天聽了一堂義大利人如何吃焗烤通心粉的課』，一邊走過來拍拍三四郎的肩膀。」

這些小說大約都是六十年前寫的，或許當時焗烤通心粉是很新奇時髦的西方料理吧。從大學教授刻意用一堂課的時間講授「義大利人」焗烤通心粉的作法和吃法，便不難想見人們對怎麼做和如何吃充滿了興趣。

即便是走在時代尖端的「新歸朝者（新海歸派）」永井荷風❶大師，想到他在「吸食熱清湯」的畫面，感覺還是怪怪的。

爾來六十年，如今義大利餐廳到處可見，甚至專賣義大利麵、沒有座位、只能立食的小店也大有所在。

每到午餐時刻，就會看見女職員、女店員、女服務生、女學生等成群結隊一起「吸食」義大利麵的景象。（然而提到重點所在的義大利麵本身，實際上提供真正義大利麵的店家卻寥寥可數。多數不過只是假義大利麵之名的炒烏龍麵罷了。）

既然已經普及若此，卻還不懂得正確的烹調法和吃法。這也稱得上是一種神祕現象吧。

小說《冷笑》《三四郎》寫於明治四十（一九〇七）年代，是時候該從「漂浮著青豆的熱清湯」階段畢業了吧？各位看官。

用我大而化之的腦袋加以思考，認為外國文明的引進可分為兩種形式。也就是英式和

---

❶永井荷風：一八七九—一九五九，日本小說家。曾著《新歸朝者日記》，代表作有：《濹東綺譚》等。

法式兩種。改成包容式和吸收式的說法也成。

刻不容緩地以義大利麵為例說明，英式和法式是完全不同的引進方式。

在英國，義大利餐廳絕對是義大利人開的，服務生也都是義大利人。所以在倫敦吃到的義大利麵跟在羅馬吃到的一模一樣。長年以來英國人身為殖民地統治者的感覺也在此處得以呈現。這就是所謂的包容式。但換作是法國人就不行了，光是他們對自己的舌頭充滿自信就難以應付。硬是要將單純樸實的義大利菜扭曲成法式風味，非得取個「通心粉裹義大利螯蝦醬汁」的菜名才能罷休。這就是吸收式。

我認為日本人屬於頑固的吸收式，而且還是吸收式中最窮酸落伍的那種。

法國有一種名為「Cricket」（蟋蟀）的安全打火機，在日本的賣價約一百五十日圓。根據售價不難想像得到，它的構造和外型都極其簡單。用到瓦斯耗盡就可直接丟掉。

不料市面上竟然出現了日本製的仿冒品。說起這項日製仿冒品真是可悲，充滿了日式風格。附有可調節火焰大小的控制器、防滑鍵，也能補充瓦斯。而且還有各種顏色和圖案可供選擇。

就連這種便宜貨色也要好好裝飾一番才肯罷休，卻沒意識到反而更顯出一副的窮酸樣。正因為價廉所以瓦斯用盡即可拋棄，不就是蟋蟀安全打火機帥氣的地方嗎？日本人卻完全沒能搞懂。

義大利麵也是一樣。不知道為什麼日本人的義大利麵就是要加雞肉、火腿、蝦子、蘑菇再用番茄醬拌在一起才行？

我實在不想明說，但在日本所謂的西餐就是「一道菜」。一道只吃一盤就能完全吃飽的菜。換句話說就是窮慣了。不是嗎？所以才會那麼喜歡番茄醬，喜歡那種酸酸甜甜的窮酸滋味。

真是傷腦筋呀。

都說日本人是仿造的天才。什麼跟什麼嘛！就是因為不識真貨才甘於仿造。其實何必客氣呢？真有本事的話，何不繼續精益求精，直到凌駕真貨的品質豈不更棒呢？

英國人的成熟穩重、法國人的美感等，想要偷偷納為己有的長處不可勝數。只是在吸取別人的優點時，千萬不要用自己的狹隘視野和貧賤感覺而降低或扭曲原有的水準。盜亦有道，要偷就不要破壞其根本精神！

各位要是缺乏這樣的氣魄，我就無法傳授「義大利麵的正確作法」了。聽清楚了嗎？

我要教的是「正確」作法。沒有十足的把握，豈敢用正確二字。我可是充滿了幹勁。

本來所謂的義大利菜，老實說就是家常菜。菜色單純且樸實，到餐廳吃的跟在家裡吃的幾乎沒什麼差別。

反過來說，在餐廳吃得到的菜色百分之百也都能在回家後重新炮製。

其中最簡單的就是義大利麵。就技術而言，這等功夫形同於兒戲。照理說任何人都能輕鬆做出真正義大利口味，讓義大利人吃了都會笑逐顏開的義大利麵。問題是大家都不肯用心罷了。

在還沒有認識義大利菜的真滋味前，就以自我詮釋的方式做出類似和風炒烏龍麵的義大利麵。所以我想大家一開始得將那種投機取巧的折衷主義給拋諸腦後才行。

首先我要大聲疾呼的是「義大利麵不是烏龍麵」。基本上用的麵粉就不一樣。烏龍麵用的是中筋麵粉，義大利麵則是用麩質較多、質地較硬的麵粉。

因此如果說烏龍麵的特質偏軟，那麼義大利麵的特質就是偏硬。不過以上的區別方式算是比較極端吧。

所以煮義大利麵時，絕對不要煮過頭。在日本餐廳吃到的義大利麵幾乎無一例外都煮得太過軟爛。軟爛的義大利麵已經不能叫做義大利麵了。

義大利人用「Al Dente」一詞來代表理想的麵條熟度。Al Dente的原意是「用牙齒咬」，也就是說一邊煮麵條時，為了測試熟度而取出一根麵條用前牙咬咬看。太硬或中間有麵芯都不是問題，重點是在快煮軟之前，用前牙咬斷時還保有些許的咬勁，這種狀態就叫做Al Dente。

只要掌握此一要點，義大利麵的作法就算是成功了一半。

依序說明作法如下：

一、購買義大利製的麵條。五十公分長的麵條，一磅重約一百五十日圓吧。大約是四到六人的分量。

二、義大利麵盡可能用大量的水煮熟。容器使用大型的燉鍋或金屬水盆都行，總之使用大鍋燒開大量的水。此一做法應該通用於任何麵類。因為水太少時，麵條釋出的澱粉會讓水變濃濁，使得煮好的麵條更加濕黏。義大利麵的包裝紙上註明一磅的麵條得用八公升的水煮。八公升相當於四大瓶清酒的分量。

三、放進一小撮鹽巴。硬要訂標準的話，那就一磅的義大利麵對上四十公克的鹽巴吧。餐桌上的鹽罐一瓶是一百公克，就以此目測抓個大概吧。

四、保持麵條的長度直接放進滾水之中。
五、煮至Al Dente的熟度。
六、迅速撈起瀝乾水分。
七、迅速將奶油——分量是一磅的義大利麵對上約四分之一磅的奶油，投入還在冒熱氣的義大利麵中攪拌。此時麵條還是熱的，鍋身也有餘溫，所以奶油應該會迅速化開。
八、將麵條分別盛入事先燙過的分食盤中，以最快速度送上餐桌，讓大家立即享用。
九、吃的時候可盡情撒上大量的粉狀起司。這種起司是帕馬森乾酪（Parmesan），可自己當場手磨。

以上是「Spaghetti al burro」的作法，算是諸多義大利麵食譜中最簡單的一種。因為burro是奶油，換言之這道麵食就叫做奶油義大利麵。

也可用醬汁取代奶油，醬汁的作法大略如下：

一、番茄醬汁

鍋中放入等量的橄欖油和奶油燒熱，放進壓碎的蒜泥、蔥花、西洋香菜末等，接著放進壓碎的番茄、一片月桂葉、鹽巴、胡椒、少許塔巴斯科辣椒醬（Tabasco sauce），用小火慢慢燉煮。

二、蛤蜊醬汁

做法和番茄醬汁一樣。先將蛤蜊肉取出放置碗中後，碗中會有蛤蜊肉釋出的湯汁。利用該湯汁製作番茄醬汁，醬汁即將完成前放進蛤蜊肉後開大火，煮兩分鐘後熄火。

淋上番茄醬汁的義大利麵叫做「Spaghetti pomodoro」（別名拿坡里番茄麵），淋上蛤蜊醬汁的叫做「Spaghetti alle vongole」，基本原理完全一樣。也就是說：

一、麵條用大量沸騰的熱水煮至Al Dente的熟度。沒錯，這就是重點。而且熱水從頭到尾都必須保持在沸騰狀態。

二、另外整個過程的節奏得是煮好麵條的同時，其他的準備工作也必須完成，然後急轉直下，瀝掉熱水，取出麵條，淋上醬汁，開始享用。也就是說烹調義大利麵的技術端看如何在不重新點火的情況下，將煮好的麵條熱騰騰地送上餐桌。

接下來請回想一下日本西餐廳的義大利麵。將煮過頭的麵條瀝乾後放進平底鍋中，加入各種食材和番茄醬拌炒。而且在送往餐桌的過程中已開始冷卻不再冒熱氣。

這種東西你敢稱之為是義大利麵嗎？如果答案是肯定的，那我將不再理你。

以上大致介紹義大利麵的美味吃法。

■血汁淋漓！

英國人會在「星期天用長笛吹奏韓德爾的徐緩版（Largo），吃血淋淋的烤牛肉（Roast Beef）」。多年以前我曾在某本書上讀到這樣的文章，至今仍印象深刻。

雖然不知道該文章是否說中了英國人的本質，只覺得關於烤牛肉用「血淋淋」一詞，倒是唯一正確的形容吧。

沒錯，烤牛肉就應該是血淋淋的才對。偏偏在日本吃到的烤牛肉為什麼不是血淋淋的呢？那種東西簡直就是烤牛肉乾嘛。

雖然在稍具來頭的「德風肉品鋪」都有得買，但擺明就已經是肉乾了。實在讓我覺得很納悶。因為要我說的話，烤牛肉這種食物就該自己做，不應該到肉鋪買現成的。買烤牛肉回家跟買現成的烤牛肉送人，同樣都讓我覺得莫名其妙。

那麼要如何做才能讓烤牛肉滴出血汁呢？我將某名英國演員傳授的祕訣記錄於下。

執行步驟如下：先用竹籤在綁好的牛肉塊上戳出許多洞，並塞入切碎的大蒜。表面撒上鹽巴、胡椒，塗抹芥末粉。接著淋上沙拉油，放進用大火預熱過的烤箱中。烤的時間視肉塊大小而定，最重要的是最後的十五分鐘得將烤箱門打開約十公分的縫隙。因為如此一來可讓本來要往外蒸發的血汁重新又逆流回到肉裡（理由何在就不得而知了），就這樣能呈現出一道完美的「血淋淋」烤牛肉。

許多人以為烤牛肉是典型的冷食，其實不然。在英國上講究的餐廳時，會看到烤牛肉放在巨大蛋形的銀製保溫器中用餐車推送過來。蛋形保溫器下有酒精燈，裡面隨時都冒著熱氣。一整塊的烤牛肉就盤據其中。等到客人點選後，服務生才畢恭畢敬地打開蛋形保溫器的蓋子，當場切好裝盤分送給客人。

烤牛肉的蘸醬是辣根醬，並非芥末醬。

辣根（horseradish）的形狀類似蘿蔔、芋頭和生薑的綜合體，味道或許可用「西洋山葵蘿蔔」來形容，有股刺激的辛辣味。將辣根磨碎混入酸奶油，以檸檬和少許鹽巴調味，就是所謂的辣根醬，烤牛肉只跟此一醬料對味。

辣根在東京的紀伊國屋也有賣。就連英國人平常也都是買瓶裝的醬料使用。雖然日本也能買到新鮮的辣根，就是太奢侈了。

另外英國人吃烤牛肉、牛排也常搭配potato in jacket。即帶皮烤馬鈴薯，我在日本還沒見過。作法很簡單，將馬鈴薯連皮放進烤箱烤，但不能用剛採的，得用老馬鈴薯，烤到外皮綻開。一邊脫去馬鈴薯厚外套般的外皮，一邊沾上奶油吃。吃起來跟肉類十分對味。喜歡英國的人，偶爾也會想要嘗試這種戲謔的吃法吧。

■麵包衝擊

在法國受到的最大衝擊就是美味可口的麵包。過去吃過的任何一種麵包都無法與之抗衡。吃法國麵包時，才深深感受到自己從前根本沒吃過真正的麵包。

日本麵包類似美國麵包。歐洲人都異口同聲地認為沒有比美國麵包更單調無味的食物了。曾經問過法國人對日本麵包的感想。

「日本的麵包怎麼樣？」

「這個麼，日本麵包四四方方的，顏色也很白，口感很鬆軟，沒什麼味道。」

「哈！那不就跟美國麵包很像嗎？」

「沒錯，就像美國麵包。」

「是喔，像美國麵包嗎？美國麵包很難吃。」

我不是愛吃麵包的人，但在法國上餐廳時，飯前會吃很多麵包。棒狀的baguette麵包，什麼都不沾也能一口接著一口吃得很香。

法國麵包就是那麼好吃。所謂的麵包，積極來說就是一種食物。或許也能說是並非用來塗抹奶油或果醬的單純調色盤！

如此基本的道理，也就是說麵包的真正好滋味，我竟是在進入人生後半時才發現，感覺真是不愉快。過去三十年來，習以為常的事，只因咬了一口麵包而全部翻盤。說得誇張點，吃了法國麵包「徹底改變了我的人生觀」。好一個麵包衝擊！

在東京就必須提到青山五丁目的「Peacock」——這家店的法國麵包就是好吃。問任何一個法國人都會表示贊同。

■餐前水果

〇〇七情報員詹姆士·龐德在小說《皇家夜總會》（Casino Royale）中和美女共進晚餐。當時的前菜，他吃的是「酪梨」。

什麼是酪梨呢？英文名字是avocado，算是法國菜中典型的前菜之一。

酪梨的形狀類似洋梨。換言之，幾乎可說是燈泡狀吧。外皮呈深綠色，隨著熟度增加會趨近於奇怪的黑色。果肉是黃綠色。

酪梨通常縱切成兩半，半顆就是一人分。中間有一顆大果核，當然得先挖掉。上菜時將醬料放進挖掉果核的凹洞中。由於只是用橄欖油加上檸檬、鹽巴、胡椒調和的簡單醬料，酪梨應該不算是正式的一道菜色吧。

也就是說任何人都會做。只要花個兩、三分鐘就能準備齊全，尤其可喜的是它是名副其實的法國菜。

該如何形容酪梨的果肉滋味呢？起司還是蠶豆呢？好像都不對。有點像是水煮蛋的蛋黃味道。總之就是吃起來有乳製品感覺的奇妙水果。

說到水果，通常都是餐後才吃的，但是酪梨和甜瓜似乎歸類於前菜類。

法國吃的甜瓜是卡瓦庸（Cavaillon）甜瓜，一種果皮是橘色，果肉也是橘色的甜瓜。這種甜瓜同樣縱切為二挖掉果籽，上菜時將波特酒倒進凹洞中，是一道冷食清爽的前菜。

■久候多時！

說起義大利菜最典型的前菜是什麼，幾乎全日本都沒有人知道，那就是Prosciutto Crudo。

prosciutto是義大利文的火腿。crudo則是「生的」。所以合起來就是生火腿，這東西非常好吃。

薄薄切成類似涮涮鍋肉片的美麗粉紅色火腿，吃進嘴裡可以感受到淡淡的鹹味和適度的油脂，是種難以言喻的美味。

義大利人通常會搭配甜瓜一起吃，叫做Prosciutto Crudo con Melone。或是因應季節搭配無花果一起吃（con fichi）。

這實在是極其卓越的創意。生火腿和甜瓜的組合完全超越了日本人的想像力，兩者的滋味完美互搭。火腿的微鹹搭配甜瓜的甘甜。火腿的油脂、甜瓜的香氣和適度的水分，彼此調和互不衝突。

日本人擁有偏好食材原味的強烈味覺。所以我想Prosciutto Crudo應該能和煙燻鮭魚、魚子醬並列為少數符合日本人口味的歐洲美食之一。最近日本的飯店也開始提供Prosciutto Crudo（久候多時了），可惜日本的Prosciutto Crudo搭配的甜瓜卻不對。用的是哈密瓜（muskmelon），味道太甜了。我不知道正確名稱，不是有一種在千葉縣採摘得到、果肉橘色的小型甜瓜嗎？搭配那種就對了。

■起司上的指印

假設走進一間英國的蔬果鋪，要在裡面買東西可真是困難。至於是怎麼樣的難法呢？

因為無法像在日本一樣可以拿起蘿蔔、青蔥仔細檢查一番，或是敲擊西瓜聽聲分辨品質。

總之就是不能隨便觸摸商品，用手一摸就會遭到斥責。英國主婦只能用手指著商品。

這倒是個高尚的習慣。問題是有些東西沒有實際摸過便難以分辨好壞，例如卡門貝爾起司（Camembert）。卡門貝爾是法國人最愛吃的起司，以日本人的感覺來說就是非常「臭」的起司。通常裝在跟醃漬山葵一樣大小的圓形木片盒中，所以是圓形的。厚度約三公分吧。

因為卡門貝爾是靠黴菌熟成的起司，自有其最佳食用期。也就是熟透到中間呈現半流動狀態時最好吃。中間還是硬的卡門貝爾根本不具備卡門貝爾起司的價值。法國甚至還有可以不讓卡門貝爾中間精華流失的機器。

換句話說，不同的起司種類有不同的切法。卡門貝爾得像切派一樣切成放射線狀。因為怕切開時流失了中間的精華部分，得像唱片般保持垂直狀態進行切割——法國真的有這種機器。

於是乎購買卡門貝爾起司時得一一用手指壓過才能確定是否能吃。所以我才會說在英國要買卡門貝爾起司十分困難。

順帶一提的是法國和日本一樣可以自由觸摸商品。以卡門貝爾起司來說，買回家時上面早已沾滿之前人們觸摸過的指印。

■握著舌頭跳舞的故事

近來很少看到會辣的辣椒，我小時候大約每三根就會碰到一根辣得讓人跳腳的辣椒。我父親曾用「握著舌頭跳舞」來形容那種辣度，聽在小孩子的耳裡直覺形容得真貼切。

英文中的辣是「hot」。的確那種感覺比起「辣」更貼近於「熱」也說不定。

記得旅居倫敦時，有一天突然特別想吃很辣很辣的咖哩而跑到蘇荷區的一家印度餐廳。跟印度服務生表明要吃會辣的咖哩時，對方問「是要有辣就好還是真的很辣的咖哩呢」，我說「那就給我真的很辣的咖哩吧」。不久後端上來的是一盤紅通通的咖哩。

舀了一匙送進嘴裡，感覺味道微甜，並不是太辣，心想「啊哈，因為英國人不太能吃辣，所以這裡的真的很辣也只是這般程度」。就這樣繼續吃進第二匙、第三匙後，頓時讓我開始震驚。腦袋就像被揍了一拳似的，突然間搞不清楚置身於什麼樣的狀況。整個嘴巴都麻痺了，耳中也嗡嗡作響。眼前變成讓人眼睛為之一亮的紫色，渾身開始汗流如雨。且不論辣或不辣，那是我有生以來吃過最厲害的咖哩。

聽說真正會辣的高級咖哩，剛入口的是帶甜的滋味。如此說來，這道咖哩是貨真價實的辣。原來印度人吃的竟是如此辣的咖哩，實在超乎我的理解。

對了，當不小心吃到出乎意料的辛辣食物，簡直想握住舌頭跳舞時，你們會怎麼做？喝水、喝啤酒、吞口白飯，以上做法都沒用，沒有緩解效果。也有喝牛奶解辣的說法，但那是錯的。其實最好的做法就是跟店家要一個冰塊含在嘴裡，這是唯一的解決之道。大家最好要記住。

■陰陽怪氣的下午茶

到柬埔寨拍戲時，有人抓來一條蛇。工作人員都是來自英國的勞工階層，個個身強體健粗枝大葉。大家都毫不在意地用雙手抓起蛇或繞在脖子上，只有一位大叔說「這下我有好一陣子不敢吃Jellied eels了」，惹得眾人哄堂大笑。

Jellied eels是什麼呢？簡單來說就是鰻魚凍。西方的鰻魚大約有人的手臂粗也很長。通常直接切成圓塊狀來吃，基本上算是比較下等的食物。

至於是在什麼時候吃呢？英國的勞工階層到了傍晚有所謂的High Tea時段，一邊喝茶一邊吃很多食物。因為晚餐八點才吃，所以五點左右得先吃些東西墊墊肚子。

於是乎他們一邊喝茶一邊吃鰻魚凍、吃田螺、吃一種叫做Welsh rarebit的起司吐司。

還有搭配開背鯖魚（Kippered Herring）罐頭吃的單片吐司。以及焗豆吐司，將類似斑豆的豆子用番茄等醬汁燉煮過後塗抹在吐司上。

光是列出這些陰陽怪氣的食物名稱就已經讓人很憂鬱，而這就是所謂的High Tea。因為是英國下層階級吃的東西，也無可奈何。

其中我最喜歡的是開背鯖魚，大約花三百日圓就能買到英國製的開背鯖魚罐頭。吐司先抹上奶油，再鋪上一大片的厚鯖魚。吐司酥脆的口感和煮得骨頭都已經軟化、脂肪依然鮮美的鯖魚真是絕配。再加上一點洋蔥絲也不錯。不過對我而言，這是道下啤酒的小菜。用來搭配奶茶就完全無法接受了。

■英國人的驚訝

英國人真是很愛喝茶。根據書上寫的，英國人早上起床時先來一杯茶，吃早飯時也要有一杯茶，早飯後再來一杯，到了公司又一杯，十點的休息時間得喝一杯，午飯時一杯，回到公司後一杯，三點的休息時間一杯，到了五點真正的下午茶時間一杯，晚餐前一杯，晚餐結束後一杯。因為今天天氣好要喝一杯，因為下雨要喝一杯，因為有好吃的餅乾要喝一杯，因為什麼甜點都沒有要喝一杯，工作提早結束要喝一杯，工作有所拖延要喝一杯。

還有其他的各種理由，反正就是要喝一杯。喝英國茶的禮節之一是：只要有人邀約就斷不能拒絕。

至於英國茶的沖泡方式，首先將冷牛奶倒進杯裡，接著倒進茶壺裡的熱茶，然後才放砂糖。

「冷」「牛奶」「先」倒進杯子裡，正是沖泡英國茶的精髓所在，用其他方法絕對無法顯現出真正的英式風味。

換句話說，用熱牛奶，或用煉乳取代牛奶，或用奶精等無法調配出英式風味。

英國的牛奶香醇濃厚。因為濃醇，早上到門口去拿時會看到瓶口已呈奶油狀。英國人習慣將這層奶油餵貓吃，剩下的用來配茶。

和旅日的英國人來往時，曾兩度目睹他們因為喝茶而吃驚的情況。一次是看到我在喝冰紅茶。還有一次是在飯店打開紅茶的壺蓋時，發現裡面居然沒有茶葉。就像是我們打開茶壺蓋一看發現裡面居然沒有茶葉時，難免會有受騙上當的感覺。

總之那兩次他們就像是看到我生吞雞蛋似的大吃一驚。

■剃掉鬍子的魚

倫敦有家名叫「寶屋」的食品店。說是食品店，卻也沒有實際的店面。看起來就只是位於倫敦郊外住宅區的一戶人家，被帶進該戶人家的地下室，就能看到琳琅滿目，有日本酒、醬油、味噌、醋、烏龍麵條、蕎麥麵條、蟹肉罐頭、鮭魚罐頭、紅醃薑、醃韭菜、福神醬菜、蒲燒鰻魚、黑糖蜜豆等各式各樣的瓶裝、罐裝食品。

在凡事都很不方便的國外生活時發現這家店，任何日本人都會眉開眼笑，高興得手舞足蹈。

小歸小，但這裡就是故國。甚至比故國還棒，簡直是一艘裝滿寶藏的船。讓人不禁讚嘆果真是名副其實的「寶屋」。

而且呢，「寶屋」還幫忙送貨。每個週末「寶屋」會送來庫存清單。只要在需要的商品上標注記號和數量送回店家，下個星期二就能送來家裡。

就這樣我倫敦家裡的廚房，經常備有日本的食品。

我的房東戴立克·普拉斯先生是來過日本的評論家。因為也算是個日本通，經常會用好奇的眼光觀察我家廚房。

有時會拿起酸梅或辣椒葉的瓶子，側著頭端詳好久。

他的興趣是閱讀印刷在日本商品上的英文解說。細細玩味那些千奇百怪、天馬行空的英文是他的樂趣。

比方說印在「櫻花米果」罐子背面的「sole importer」英文拼成了「sole imposer」。「sole importer」是獨家進口商的意思，「imposer」則有詐欺騙人的意思，所以「sole imposer」豈不成了具獨占性的騙子嗎？

另外「sole」也有舌鰨的意思，讓人聯想成是該騙子的外號。騙子「舌鰨」——還真是個帥氣的名號！活躍於多佛海峽兩岸的走私組織「櫻花米果」，惡漢「舌鰨」可是潛藏其中的狠角色呀！

說起他的長相，一張臉又大又扁平，兩隻眼睛長得十分靠近。

一時之間耽溺於此一幻想而久久不可自拔。

有一次他一臉不可思議的表情問我「這是什麼」，我一看他手上拿著「柴魚片」的盒子。

新しい理髪師

新理髮師

聽到我說明是將曬乾變硬的鰹魚用機器刨成的薄片後，他像發了瘋似的大笑。

「可是這盒子上面寫的卻是刮掉鬍子的魚呀。」

說完更是笑到直不起身來。我沒辦法，也只好跟著稍微笑一下。整件事是這樣子的：

英文中的刨花是「shaving」。用刨刀削東西是「shave」。於是乎呢——肯定是柴魚店讀大學的兒子想到的——刨成片的柴魚自然就成了「shaved fish」。

此乃語學上使用三段式論證所產生的謬誤。「shaved fish」徹頭徹尾就只是刮掉鬍子的魚而不會是「柴魚片」。

硬要說的話，也應該是「fish shaving」

吧。但還是難免給人魚刮鬍子的印象。

絕對是因「shaved fish」留下了強烈的印象，他像個孩子似的逼著我給他畫張「shaved fish」的畫。

我拗不過只好畫了一隻大魚身上包著白圍裙坐在理髮店的椅子上。魚用牠的小眼睛望著天花板。或許是在假寐也說不定。旁邊站著身穿白袍、鼻子周遭長了一圈奇妙的黑毛、臉型狹長的貓正在用革砥磨剃刀。

完成了一幅充滿不祥氣氛，感覺很詭異的圖畫。他倒是很高興地將該畫下了「新理髮師」的標題。

這張畫被裱了框，如今還掛在他的書房裡。

■八八花札牌清唱劇

今年四月一日英國的ＢＢＣ電視台發布新聞說要引進可傳出味道的電視節目，並進行播映測試。

廚師在畫面中剝洋蔥。同時解說員的聲音傳來「味道在螢幕正前方約二十碼的位置最為明確，所以請仔細觀察該位置」。

當然電視機不可能傳出任何味道，這是ＢＢＣ歷年來都有的愚人節假新聞惡作劇，不過觀眾這邊的反應也不容小覷。

立刻就有觀眾電話打進去表示「的確很清楚聞得到」。

我的朋友魯德維克·甘迺迪兩年前就玩過這種愚人節假新聞的惡作劇。

先是播出義大利北部的荒涼風景，配上憂鬱的音樂，主播用低沉哀傷的語氣報導：

「今年對義大利麵農家來說是荒年。異常的嚴寒天氣和長期的雨季使得義大利麵樹的開花期受到嚴重打擊。」

鏡頭隨著解說在義大利麵樹林中移動。樹梢上掛著一串串的義大利麵條。義大利的老農民抬頭望著樹木。

「今年可說是一九〇七年以來的歉收，農民表情陰暗地看著只有結出些許義大利麵條的樹木。」

想來義大利麵居然一串串直接長在樹上的光景太過天馬行空，該節目竟然大獲好評。好像也有不少人真的相信義大利麵長在樹上，看在愛吃麵食的日本國民眼中覺得難以置信。對方可是大英帝國呀！有許多老人家至今仍認為義大利國土有一半是殖民地。到國外旅行凡事都要按照英式作風來。既然電視台說義大利麵長在樹上就當作是真的吧，反正那也是殖民地的事，他老兄一點興趣都沒有。

這群動脈硬化的老傢伙們被騙了，魯德維克·甘迺迪的得意可想而知。

我很想試試看這種節目在日本能否開得成。

例如四月一日的烹飪教學節目上推出「鯨魚涼拌」的菜色如何呢？

「先將鯨魚去頭，身體剖切成三片。將剖切成三片的魚肉拔毛去刺，輕輕撒上鹽巴調味。」

在以小學生為對象的美勞節目上教導「任何人都能上手的簡易原子彈製作法」也不錯。

廣告也全部都是假的。

東芝新推出攜帶式電動馬桶，ET·P102型。附有瞬間除霜脫水裝置、殺菌燈。售價一萬九千八百日圓。

松下電器也不能認輸，推出「國際牌電椅『辛辛那提』」與之抗衡。

「國際牌電椅」

「操作簡單」

「因為設置有人工頭腦，不須進行繁瑣的調整」

「附有瞬間去骨脫水裝置，使用後的處理方便迅速」

「燒烤後的成色美麗」

「安裝了自動按鈕，可避免不必要的電力浪費」

「充滿奢華感的造型設計，可當作家具增添府上客廳的高雅風格」

最後總結是：

「全家大小都能歡喜享用的國際牌電椅」。

雖然ＮＨＫ存在各種問題，執行上可能很困難，但我想演奏巴哈的第八十八號清唱劇

（cantata）應該還行。取名第八十八號自有我的道理。

因為演唱都是以德語進行，一般人根本聽不懂，歌詞內容都是跟八八花札牌有關。

八八花札牌清唱劇從喜悅的大合唱開始「我主耶穌，玩一手花札牌」。接著女高音唱出朗誦調（Recitative）「秀出我們喜悅的烏鴉牌」，然後在長笛伴奏下出現女高音和男低音的二重唱「我們衷心所望的赤短籤牌呀」。

男低音繼續唱出朗誦調「耶和華降靈宣告終結和尚的去路」，男低音改為似詠唱調（Arioso）唱出「我主取出青短籤牌」。接著女高音和男低音的二重唱在小提琴樂音的伴奏下唱出「親愛的耶穌呀，青短籤牌將滅絕」，然後轉為女高音的詠嘆調（Aria）唱出「光輝的赤短籤牌時代來臨」。最後是大合唱「我主耶穌呀，祢的受難帶給我們真正的喜悅」。

真不知道隔天會收到什麼樣的投書內容呢？老實說我最想看的就是觀眾的反應。

■廁所裡的獎項

第一次見到彼得·奧圖（Peter O'Toole）是在香港。彼得身材高大。如果根據電影《阿拉伯的勞倫斯》（Lawrence of Arabia）去想像，總覺得他是個體型瘦弱、個性纖細如女性的人，那可就大錯特錯了。

彼得是個健壯如牛的男人，看起來也像個足球選手。而且出乎意料地並非同性戀者。畢竟國外，尤其是英國演員有很多是同性戀者。同性戀者俗稱為酷兒，說起知名的酷兒真是不勝枚舉，幾乎都能寫成一大本明星圖鑑了。

因此我看了《阿拉伯的勞倫斯》之後，當下以為彼得是酷兒。因為勞倫斯是酷兒吧？一個能夠把酷兒演得那麼好的人難道不是嗎？任何人都會有所懷疑吧。或許國外也有絕大部分的人以為彼得是酷兒，但總之他就不是。

彼得很愛喝酒，可是在拍片期間宣稱自己已戒酒，除了輕飲一概不碰。他只喝香檳。根據他的說法，全世界最好喝的酒是愛爾蘭威士忌。而且不是一般市售的，而是要私釀的愛爾蘭威士忌才好喝。

這種酒有著幾乎跟牛奶一樣柔滑的口感，勁道強得嚇人。顏色也跟牛奶一樣是白色，算是一種濁酒。

在進入《吉姆老爹》（Lord Jim）劇組之前，彼得在演舞台劇《哈姆雷特》。有一天珍娜·露露布莉吉妲（Gina Lollobrigida）到後台看他。

彼得的心腸也真是壞，拿起杯子斟滿愛爾蘭威士忌就要珍娜喝。珍娜不疑有他三口兩口就喝完了一杯，事實上那酒也的確很容易入口。

而且也有用牛奶調威士忌的喝法，犯不著大驚小怪的。何況真的很好喝，大概就是那種感覺吧。

珍娜喝完那杯酒起身說「我該告辭了」，正要右轉朝門口踏出步伐時，突然間整個人就倒在房門前，彼得趕緊衝上去探看，珍娜已經不省人事。

順帶一提的是當年那齣《哈姆雷特》，導演是勞倫斯·奧利佛（Laurence Olivier）男爵，地點是舊維克劇場（The Old Vic）。

據說是原汁原味完全不縮水的原著劇本。因為堪稱史上難得的演出，時間長達四個小時以上，而且只登台一個月，所以場場爆滿且一票難求。可惜劇評不是太好。

彼得認為是：

「一般演出《哈姆雷特》時，每個人都會試圖加上一些新看法或獨特的詮釋。因為這齣戲太熱門了，也難怪大家都想要展現新的創意。我們的方針是完全沒有任何新的解釋，盡可能呈現出樸實無華的《哈姆雷特》，所以讓劇評家感覺很不是味道吧。」

彼得還說：

「話又說回來，人世中再沒有比獨自一個人演哈姆雷特更孤單寂寞的了。聽我這麼說你可能也無法理解吧？也就是說對於哈姆雷特這個角色，每個人都抱有其強烈的印象。所以難演呀！導演擺出一副臭臉，後台工作人員也都板著臉孔。其他演員們心裡都在想『我演得絕對比他好』。另外就是台下觀眾，每個人都露出跟自己的想像不太一樣的質疑表情。所以說這個角色真是孤單寂寞，沒有比演哈姆雷特更孤單寂寞的了。」

彼得的右手小指頭麻痺不能動。據說是他揍安東尼·昆（Anthony Quinn）留下的後遺症。

彼得還未成名時曾在電影《冰國英雄傳》（The Savage Innocents）演小角色。安東尼·昆是主角又是大明星。看在彼得眼裡，沒有比在安東尼的電影中演配角更愚蠢的事了。

「因為當配角演得好時，那傢伙會命令導演把所有的戲給剪掉。可又不能因為這樣而故意亂演吧，那樣會讓自己丟臉。結果拍這種戲豈不是一點意義也沒有？」

他實在是對安東尼恨之入骨，所以在拍《阿拉伯的勞倫斯》時，因為一點小事吵架而出拳毆打對方。看來彼得這個人也有其單純的一面。

《阿拉伯的勞倫斯》中有大軍騎駱駝交戰的場面，由於兩軍在現實生活中也是勢不兩立的敵對部落，對打起來幾乎跟真的沒兩樣。據說還死了好幾人。

導演大衛·連（David Lean）搞不好真的是冷酷無情的人。

當時帶頭跑在最前面的彼得被摔下駱駝。好幾千頭駱駝奮力奔馳，帶頭的人卻被摔了下來。每個人都以為彼得必死無疑。

說來也真是不可思議，據說駱駝遇到那種情況會坐在跌落地面的人身上，避免讓其他駱駝的奔蹄給傷到。

就這樣彼得有了九死一生的機會，整個劇組的人員都臉色蒼白地飛奔上前。直到看見彼得從駱駝身下爬出來時，工作人員的喜悅和安心實在無法言喻。

其中只有一個人，只有導演大衛·連面不改色地開口問：

「怎麼樣呢？彼得，可以繼續拍下一個鏡頭嗎？」

這傢伙根本是魔鬼！——聽說彼得當時是這麼想的。

他說片頭一開始騎摩托車撞死的那場戲也沒有使用替身演員上陣。我反問那不是很危險嗎？他回答：

「當然危險呀，所以那場戲是留到最後一天才拍攝的。」

彼得是個徹頭徹尾的舞台劇人，對於電影並不那麼喜歡。一部自己演的電影都沒看過。造訪他位於漢普斯特德（Hampstead）的家中時，我看見廁所牆上掛滿了《阿拉伯的勞倫斯》贏得的各種獎項。

■奴隸的快樂

彼得·奧圖是愛爾蘭人。愛爾蘭西岸的康尼馬拉（Connemara）寒村是他出生的故鄉。最近他回康尼馬拉時走進了一間酒吧。請試著想像一下眺望著窗外連綿不絕的綠色山丘，從早喝到半夜的過程中只有兩輛汽車開過。這時酒吧裡的老爹露出很受不了的表情說：

「最近往西邊去的傢伙變多了，車子經過的聲音吵死人了！」

根據法律這家酒吧過了午夜就不能賣酒，因為沒有取得深夜營業的執照。於是到了一點左右還有人在喝酒，警察就會上門。警察會一邊高聲唱著愛爾蘭民謠一邊走向酒吧。當愛爾蘭民謠的歌聲停止時，酒吧門外會響起乾咳的聲音。然後又聽見警察大聲地自言自語：

「哎呀，我的手錶已經顯示是一點了。這麼晚了該不會還有人在喝酒吧？不過這也是我的工作之一呀，不如來個突擊檢查吧！」

過了五分鐘後，才響起戒慎的敲門聲，並走進一名人高馬大的巡警。

彼得說人們可以保持人性尊嚴活著的唯一地方就是愛爾蘭。

警察的作用並非落人於罪，而是要預防犯罪。彼得說愛爾蘭是唯一能讓那種理論實際用在現實生活的唯一國度。

之後酒吧的老爹送警察繼續踏上夜巡之路並獻上一杯酒說：

「祝你路上平安！」

也就是One for the road，警察也欣然接過喝下後才離去。其他客人也一一回家。老爹關上店門打烊休息。

忽略他身為愛爾蘭人的背景就無法理解彼得·奧圖這個人。

有一次他在香港的半島酒店和飯店經理大吵一架。該飯店規定一過午夜十二點，中國人就不得進入飯店。這項規定激起了他的愛爾蘭魂，覺得根本是英國讓人看不慣的殖民地主義者根性在作怪。

那天晚上他在香港街頭飲酒作樂直到半夜，並把一路上結識的計程車司機、人力車夫、餐廳服務生、酒吧調酒師等三教九流的中國人都帶回半島酒店的房間裡繼續暢飲。

隔天他就被飯店給趕了出去。

過了幾天之後，我和彼得到一家名為Jimmy's Chicken吃晚飯。這家店是香港少數提供英國菜色的餐廳之一，食物很難吃。客人大半是英國人。殖民地的英國人用「boy」一詞稱呼服務生。據說把在本國說成「Waiter, please?」的地方改成語尾音調上揚的「boy?」就是殖民地通用的做法。

彼得聽到周遭此起彼落的「boy?」叫喚聲，臉色逐漸發白。儘管他自己要叫服務生時會故意大聲說「Waiter, Please?」，可惜總是被周遭客人們的談笑聲給掩蓋而效果不彰。

「你知道嗎？小岳[1]。這群英國人回到本國後連掃廁所都不配！他們想當廁所清潔工都不配！他們就是這種貨色，你知道嗎？小岳。」

---

[1] 伊丹十三本名池內義弘，除藝名伊丹十三外，另有別名池內岳彥，小岳是暱稱。

當他更加提高音量說出這些話時，周圍的吵雜聲也跟著變本加厲。

結果彼得喝得爛醉如泥。靠在我的肩膀回到飯店時，他還聲若蚊蚋地喃喃咕噥：

「那些傢伙連當廁所清潔工都不配！我是說真的。小岳，他們不配當廁所清潔工，真的。」

愛爾蘭和英格蘭之間的關係，類似朝鮮和日本之間的關係。愛爾蘭是被壓迫的民族。根據彼得的說法，愛爾蘭直到五十年前為止是沒有學校的，因為英格蘭的法律禁止。其他像是寫作、高歌放吟、三人以上的聚會、和英格蘭人通婚等也都被法律禁止。

熱心的牧師們挖地下壕洞，在裡面教育年輕子弟。這些年輕子弟日後成為愛爾蘭獨立運動的志士。

就像所有奴隸唯一擁有的武器，能說善辯也是愛爾蘭人的武器，同時也是他們的快樂所在。愛爾蘭人的言詞銳利，卻又充滿詩意。不信你看奧斯卡·王爾德（Oscar Wilde）。還有蕭伯納（Bernard Shaw）、詹姆斯·喬伊斯（James Joyce）、葉慈（Yeats）、濟慈（Keats）、辛格（John Synge）等都是流亡海外的愛爾蘭作家。

因此彼得的好發議論是來自歷代祖先的遺傳。

比方說彼得父親的興趣如下：

首先他會出席都是愛爾蘭人的大型宴會。然後抓住一個目標聊天，交談了一陣子後，他開始找機會發表跟對方想法完全相反的意見。他是為了議論而議論，自己相信與否並不重要，總之就是要跟對方唱反調。

對方也是愛爾蘭人，各持己見互不相讓。而且一旦吵了起來，周遭的愛爾蘭人也開始按捺不住。雙方很快便各自多了兩三個前來幫腔的人。

這時老奧圖會悄悄地離席，另找對象如法炮製。幾輪重複下來，整個宴席現場就陷入白熱化的議論戰火之中。

如同泡熱水澡般置身在唇槍舌戰的漩渦中，就是老奧圖最大的樂趣。

彼得有個怪癖，常常想灌輸我毫無科學根據的謬論。

例如，他會突然說雞身上沒有血液。

或是更複雜的鬼扯。比方說飛機在飛的時候，其實左右兩翼會像鐘擺一樣不停地擺動。但因為離心力的作用，所以坐在上面的我們才沒有感覺。然而就算感覺不到，事實上仍然在擺動，甚至遇到惡劣的天候機身還會在我們不知不覺間側翻一圈。他說這是一種自然法則。

過去ＢＯＡＣ（英國海外航空）推出彗星型（Comet）客機時事故頻傳。就是因為彗星型客機的設計太過完美，絕對不會有機身側翻的現象。

違反自然法則的代價很恐怖。機身應該側翻時卻無法側翻的彗星型客機就這樣一一在空中被分解了。

他還說過這種話。英國生產知名的健力士（Guinness）黑啤酒。健力士啤酒的正確倒法是盡可能不要冒出泡沫。扯到這裡也就算了。

他的理由居然是健力士的養分大多存在於那些泡沫中。因此倒酒的時候如果產生泡沫，那些養分就會隨著泡沫煙消雲散。

天底下哪有這麼愚蠢的說法！

所謂的泡沫，不就是被液體皮膜包住的空氣嗎？泡沫消失就只是泡沫破掉了而已，液體皮膜依然還原成液體。所以說健力士的養分也就……

我連忙將即將衝出喉嚨的話給吞了回去。可惡的彼得，越來越像他老爹了！根本就是為了找人議論而議論嘛。

問題是我又不是愛爾蘭人。他只好訕訕地回了一句「說得也是」便不再吭聲。

■幫狗拔牙的故事

我從小最喜歡的「天大謊言」有兩個。一個是消除鼴鼠的方法，寫在安岡章太郎的《良友·惡友》一書中。安岡說教他此法的是梅崎春生。簡單來說，就是預先在鼴鼠出沒的地方埋下垂直放置的安全剃刀。

「如此一來，走上前的鼴鼠鼻尖會被切成兩半而死。事先於傍晚埋下刮鬍刀的刀片，隔天早上就能看到東一隻西一隻的鼴鼠屍體四處倒臥。我以前也很困擾鼴鼠的問題，終於找到此一良方才得以解決……」

另外一個是幫狗拔牙的方法。方法很簡單，將切成厚圓塊的蘿蔔放進高湯中燉煮。只要將熟透的滾燙蘿蔔丟給狗吃就行了。

狗一口咬住蘿蔔——因為熱燙，整個牙床就會被黏在蘿蔔上。

不管是消除鼴鼠或是幫狗拔牙的方法，明知道是騙人的，妙的是他們的說法卻又頗具真實性。尤其是眼前彷彿浮現鼴鼠被剃刀切成兩半的模樣和殘留在蘿蔔裡呈馬蹄狀的狗牙，就覺得真是太高明了。另外，對於為何有必要幫狗拔牙卻完全不做說明之處，也是很欺負人的地方。

說到欺負人，我又想起了另一則謊言。

直接喝下一公升的醬油會出人命，據說這時只要泡進整個浴缸都是山葵泥的熱水中，醬油就會被釋出救回一命。

這則偏方完全沒有說明有何必要得喝那麼多的醬油，另外裝滿一整個浴缸的山葵是多大的分量呢？至少得磨上十萬枝山葵才夠。一時之間去哪裡找到十萬枝山葵呢？還有十萬枝山葵要怎麼磨才能磨完呢？肯定得花不少功夫吧。就算十秒鐘磨完一枝，也得花上十天以上。

說來好笑，正是因為日前吃了風呂吹❶蘿蔔時才想起了幫狗拔牙的故事。

怎麼會？因為任何人都一定會覺得那是在啃食熱騰騰的風呂吹蘿蔔時才會想到的謊言嘛。

小白！你看，這裡有好吃的蘿蔔。

■不愉快

以下列舉有關飲食的一些不愉快現象。

首先，用餐時筷子突然斷掉。常常拿起火車便當準備大快朵頤時，一根竹筷子應聲斷掉了。倒也不是感覺不吉利，而是有股不知該往那裡發洩的怒氣。

鳴門卷❷本身就是種讓人不愉快的食物吧？它是搭配在拉麵中的菜碼，大部分的人不是放著不吃就是直接丟掉。就算只是為了湊熱鬧也不該添加那種腥臭的東西。我覺得法律應該加以禁止才對。

一不小心將醬汁倒進了醃菜碟裡，直到吃進嘴裡才發現自己的粗心大意時。通常只有在器皿容易搞混時才會出這種錯。換句話說，到服務不周的炸豬排店、員工餐廳、三流旅社、休息站的餐廳等常會遇到這種事。

我有個朋友覺得處女一詞的語感就像是雞蛋敲破時，蛋黃上沾著血絲的感覺。聽他這

❶風呂吹是日本的傳統烹調方式之一，將蔬菜等切成大塊煮熟或蒸熟後抹味噌醬食用。
❷一種魚漿製成的魚板，上面有粉紅色的漩渦圖案。

麼一說，我多少好像也能理解。

鄉下人家會在壽喜鍋中放進竹輪等奇怪的東西一起煮。被主人家勸著「來呀，多吃一些」那種東西，不會覺得很困擾嗎？

三更半夜在飯店，塞給服務生小費請他拿啤酒上來，正打算要喝時才發現沒有開瓶器，這也是相當掃興的事。就像是背了一整袋的罐頭上山，卻把開罐器給忘在家裡，簡直讓人快要發瘋！

雞肉便當的包裝紙上經常看到畫有身穿水手服、滿臉笑容的小雞漫畫。壽喜燒店的廣告畫著正在舔舌頭的牛，豬排店的招牌上是戴著廚師帽、手拿平底鍋的豬。真不知道設計師的神經有多遲鈍呢？可能以為人們看到可愛的豬就會食指大動吧。偏偏看在我們這些客人眼中，反而感覺食慾全消。那種幼稚的宣傳手法最好趕緊改掉吧。

■女伴

「對了，妳要喝什麼呢？」

「這個麼，我喝果汁或可樂就好。」

帶女伴去吃飯，最感到掃興失望的就是這個瞬間。當場就對對方失去任何興趣。

難道不是嗎？男人邀約女人用餐是一件比你所想還要慎重的大事。比方說要去法國餐廳的話，那麼首先要點蝸牛當前菜。不過她可能會覺得蝸牛很噁心吧。那就我點蝸牛，她點煙燻鮭魚好了。酒當然得選白酒。那就來一小瓶辣口的摩澤爾（Mosel）吧。至於主菜麼，對了，那家店的燉菜做得好，所以點勃艮地牛肉吧。不然燉牛舌或牛尾應該也不錯吧。紅酒要選薄酒萊（Beaujolais）還是聖埃米利永（Saint-Émilion）呢？總之沒看過酒單也不能決定。假如飯後紅酒還有剩，就點起司來吃吧。不知道她敢不敢吃藍黴起司或卡門貝爾等會臭的起司呢？要是不敢吃，那她吃甜點好了。比方說栗子香緹或是法式火焰薄餅。總之事先會像這樣想個不停。又或者是要上小酒館，那裡的豆渣堪稱一絕，還有涼拌冬蔥也很美味。這樣小菜搭配菊正宗清酒，真是不作他想的組合。說得誇張點，關乎到一個男人的所有存在價值。

所以拜託女人千萬不要說什麼「我喝果汁或可樂就好」。

「因為人家不會喝酒嘛。」

那實在不能算是藉口。就算不能喝酒，也可以喝水吧。在壽司店裡也能要熱茶來喝。

我希望的是能拋開成見地表示：

「人家雖然不會喝酒，但想要試一下味道。」

淺嚐一口之後，眼睛發亮地說出：「啊，真好喝！」所謂的交往不就應該是這麼一回事嗎？

■水滋味

曾經和英國人一起去法國旅行。他對於美食的知識廣博，本身也是優秀的廚師。食量驚人又善飲，換句話說，就是個老饕。單就法國美食來說，這位老饕具備了完美的味覺。可惜他的味覺也有盲點，居然不識水滋味。有一天過午，我們到法國的小村用餐，我在讚賞小村的水甘甜可口時發現的。

「你說這村子的水好喝是怎麼一回事？水哪有好喝不好喝的？」他問。

啊哈！這不正是日本人最擅長的話題嗎？

「你也真是笨呀！水這種東西隨著地點不同而有不同滋味。倫敦的水滋味和巴黎的就完全不一樣。就連義大利，羅馬的水也一點都不好喝，倒是塔爾奎尼亞（Tarquinia）是個水好喝極了的小鎮。在日本，茶道被推崇為一種藝術，而決定茶滋味的好壞在於水。所以日本人對於水滋味很講究。日本人用醍醐味一詞來形容各種事物最極致的美味與趣味。所謂的醍醐就是山泉，因為山泉美味可口，才孕育出此一說法吧（日本方面認為這是道聽塗說，但我就是喜歡這種說明）。你說水滋味沒有好壞之分？那是胡說八道。你真的喝不出水滋味嗎？」

「老實說，我喝不出來。」他回答。

真是可憐。只要是日本人都識得的水滋味，他居然喝不出來。小時候去遠足時直接從山谷中冒著泡流動的溪流喝到的水滋味。豔陽天的運動場上，大家排隊等著喝的水滋味。一手壓著路上經過人家牆邊已斑駁的幫浦，一手掬起地下水喝的滋味（形勢、速度和溫度同樣也是影響水滋味的要素之一）。而他卻不知道那些水的美妙滋味。身為日本人的我們是絕對不可能有老饕不識水滋味的。

■白費功夫

烹飪學校是我難以理解的存在。做菜最重要的就是舌頭，就是味覺。味覺這東西跟成長環境的關係深遠。不見得一定要是美食，哪怕是醬菜或是味噌湯也好。舌頭要能分辨得出滋味的深度才是先決條件吧。

有這麼一個故事。某家鐵路公司在鬧區開了間大食堂。這家食堂做的東西沒有一樣是好吃的。有一天在該集團的社長會議時，關西出身、說話直言無諱的社長逮著大食堂的社長便問：

「吃你們食堂的東西，沒有一樣是好吃的。該不會是你吃不出食物的好壞滋味吧？」

「沒錯。其實我出生於山梨縣，你也知道山梨縣不靠海，沒什麼山珍海味可言。大概是生長於那種環境的關係，所以我對於食物的滋味好壞完全沒感覺。感覺吃什麼都是一樣。」

說完整個人很垂頭喪氣。

擁有好舌頭的人可以明確想像出即將完成的料理會是什麼樣的滋味。因為意象明確也可以在完成途中逐一調整味道。

另一方面，味覺遲鈍的人唯一能依靠的就是食譜上高湯一杯半、砂糖三大匙的數字而已。因為想像不出意象，就算味道偏了也無法修正回來。

基本上擁有好味覺的人才不會去上烹飪學校。作法光是靠自己看書或跟別人請教，自然就能做出相當美味的菜色。

所以我想會去上烹飪學校的人，應該都是些對味覺缺乏信心的人們吧。這種人學做菜根本是白費功夫。最好的方法是，在學做菜前先讓他們每天三餐都吃美食，一連吃個五年才行。

■乾燥的聲音

小時候是在刨柴魚片的響聲中醒來的。我覺得那種乾燥的聲音，是種讓人很懷念的好聽聲音。如今這時代儘管大聲疾呼「柴魚的香味很容易散去。所以要煮味噌湯時，請在最後一刻才開始刨柴魚片」，卻一點效果也沒有。

這麼說來，歐洲的小孩子還算是比較幸福。因為現在也還跟從前一樣，他們可以在磨咖啡豆的聲音中醒來。而且歐洲也沒有人會拚命呼籲「咖啡的香氣容易跑掉。所以為了享受新鮮的滋味和香氣，咖啡豆請只在要喝之前磨需要的分量即可」。也就是說，沒有那種必要。常識至今仍保有身為常識的生命，這就是所謂的文化。

磨咖啡豆要用磨豆機。在一個木盒上面裝有鐵製把手，打開木盒上面的蓋子放進咖啡豆，然後不停地轉動把手，磨好的咖啡就會積存在底下的抽屜裡。感覺跟刨柴魚片的趣味大同小異。

它有各種尺寸，從兩人分到一整個大家庭用的都有。也有電動的，但自己手動時經由把手感受咖啡豆磨碎時的乾燥觸感是很愉快的經驗。

日本人常喝咖啡，也有很多人對咖啡的品牌或品種十分挑剔，可是擁有磨豆機的人卻不多。我覺得跟不喝現磨咖啡的人談論咖啡種種似乎毫無意義。

最後關於即溶咖啡，大家只要知道世界上有那種東西存在即可，只需知道這世界上有些可憐人得喝那種東西就好。

■關於古怪食物

聊美食時，突然有人提起古怪食物。不是說他吃的東西是古怪食物，而是他提起古怪食物的話題。

「你們覺得古怪食物怎麼樣？」他開口問，看來是誤以為聊起異常食物的話題是行家的做法。

「古怪食物？請問你的定義是什麼？」

「就像法國人不是會吃青蛙、蝸牛之類的嗎？」

要我說的話，青蛙、蝸牛才不是古怪食物。在法國不過是習以為常的食物。只因為被你當成古怪食物看待，那如果反過來說，恐怕看在外國人眼中日本人吃的古怪食物還更多哩。

首先日本人生吃魚肉。這種事看法因人不同，有的人就覺得很詭異。就連海參也是拿來生吃。即便是煮過的食物，像是整顆下去烤的蠑螺，從貝殼深處挖出盤成一團的螺肉，也讓我覺得相當詭異。

外國友人來日本玩，依照慣例安排藝妓晚宴，一邊享用日本料理一邊欣賞傳統舞蹈。

突然間打開碗蓋從熱湯中冒出一顆巨大的鯛魚頭，混濁的白眼珠直盯著友人看。對方嚇得大叫一聲，一口也不敢碰那道菜。據說至今還會做惡夢，夢見那顆鯛魚頭的畫面。

因此我覺得會把青蛙、蝸牛當成古怪食物，意味著自己的視野太過狹隘。尤其將那些美食當成古怪食物看待，豈不等於眼睜睜地錯過了一項人生的樂趣?

青蛙更是不在話下。我們戰時常吃青蛙。疏散到鄉下時，村裡有個小孩很會剝青蛙皮。

サザエの
シッポには
こんな
マーク
みたい
なもの
がついた
やつがあって
あれは相当に
気味が悪いね。

蠑螺的尾巴上有這種類似符號的圖案，感覺很噁心吧。

從屁股一扯，就像脫掉橡膠手套一樣把整張皮都給拔了下來。我記得那傢伙叫一郎，是他奶奶一手養大的。一郎說赤蛙最好吃。

總覺得日本的食用蛙（也有人以為是職業蛙，的確也算是青蛙中的職業隊吧）個頭太大不像話，簡直就跟雞沒兩樣。

要吃這種雞一般的青蛙，當然就要做成中國菜吧。中國將青蛙稱為田雞，顧名思義就是田裡的雞。通常切成塊炸來吃。

「人家還要一點炸雞肉。」聽到女伴這麼要求，我喜歡回說：「妳說的是青蛙吧，好呀。」

然後看著對方的臉色大變。吃這道菜時就是要享受這種陰濕的樂趣。

■你愛吃什麼？

我有個愛吃秋刀魚肚的男性朋友。常抱怨說為什麼秋刀魚就只有那麼一丁點的魚肚，給我一大缽的秋刀魚肚也能吃得精光！

這種人每個時代都有。例如水戶光圀公❶嗜吃鹽漬鮭魚皮。曾說過願意用三十萬石換取厚達一寸的鹽漬鮭魚皮。

我似乎生性不太執著，聽到這種說法，還來不及為他們無邊的熱情給感動前，腦海中已先浮現一大碗的秋刀魚肚和厚達一寸像牛排般的鮭魚皮，立刻就覺得倒胃口。不禁懷疑分量那麼多怎麼可能會好吃呢？再好吃的東西也會變得不好吃吧？總之我沒有什麼特殊的飲食好惡。

「我無法忍受蔬果的生腥味。比方說番茄，我不行。青椒也不行。還有西瓜，我一直都不敢吃。」

「我不敢吃蛋黃。蛋白還好。蛋黃就完全不敢碰。」

「我討厭濕濕滑滑的東西。像是朴蕈、蓴菜。還有口感彈牙的東西，烏賊和章魚我都不敢吃。」

「我討厭會拔絲的東西，例如納豆和山藥。」

聽到以上對話，我會自然而然保持沉默。因為我完全不偏食。如今回想起來，小時候還有討厭吃的食物。例如我不愛吃冬瓜，也很討厭黃瓜煮的湯。讀小學時在同學家頭一次吃到黃瓜湯，心想怎麼會有這麼難吃的東西。熱食的黃瓜實在是要命的糟糕。

❶德川光圀：一六二八－一七〇〇，江戶時代水戶藩主，即民間故事中知名的水戶黃門。

沒想到年過三十到京都再一次吃到黃瓜湯時居然驚為天人，真是受不了自己。由此可見我缺乏偏食的才能昭然若揭。

於是乎每當有人提出「今晚要吃什麼」或「你最喜歡的食物是什麼」等問題時，我真的覺得很困擾。極度困擾到最後，我在高中時代想出了「好吃的東西」的標準答案。這個答案還真是好用。別人問「最想吃什麼呢？」回答「好吃的東西」就無懈可擊。

不過這個方法仍有其缺點。最近發現當我如此回答過後，對方總是露出有點困惑的表情。所以近來這個答案也變得不好用了。

■酒量

年過三十學會了一件事。

學會了狡猾喝酒的方式。可以喝很多酒但不會喝到爛醉。而是微醺程度，還能持續不停地喝下去——我學會了這樣的喝酒方式。

其實也沒什麼，就只是時而放慢速度，時而暫停休息一下而已。那是二十郎當歲的時候絕對做不到的喝法。不對，或許應該說是二十郎當歲的時候根本不需要那種喝法。多半選擇越喝越醉，以加速度的方式走向自滅。

年過三十終於能從「暴飲」解脫，也不知道值得慶幸與否？理由之一是體力衰退了，實在不想勉強自己硬喝下去。也就是說酒力變差了。

因為酒力變差，所以得花時間慢慢喝。因為花時間喝，喝著喝著酒也就醒了。換句話說，再多的酒也喝得下去，於是出現了酒力變差但酒量變大的矛盾現象。

且不去追究原因何在。有道是少年易老，我就像是從一個短跑選手突然跳槽改為馬拉松跑者，竟能夠心平氣和地笑看此一轉變。

根據最新資訊，以下敘述實例。我和兩個演員朋友第一天就先喝到爛醉不起。隔天上午依然宿醉，只好看看報紙、喝又燙又苦的茶、聽朗帕爾（Rampal）的長笛演奏打發時間。到了下午又有三名年輕的舞台劇女演員加入，這才開始正式地飲酒作樂。

跟志同道合的演員朋友喝酒，好處是絕對不怕沒有話題可聊。光是聊戲劇就能沒完沒了。何況六人之中肯定有一、兩人正在為某個重要角色煩惱，就算離題了最後還是會繞回來聊戲劇。我喜歡綿長的宴會過程中瀰漫著某種的一貫性。

夜色越來越深，大家有時候熱舞狂歡；有時候基於生理現象的表演慾專心研究打噴嚏、打哈欠、各式各樣的笑法和醉態；有時候一再練習突然想到的演技；有時候怕喝太多，為了放慢速度而忙著泡茶。就這樣直到天亮後，所有人一起前往魚河岸的「政壽司」，在那裡又喝了一點酒，男的點切塊的比目魚、女的點海鮮蓋飯吃，直到上午十點才各自解散。這時所有人都已經完全清醒了。

三男三女喝了二十四小時的酒量是：菊正宗清酒四升；不知是誰帶來分成木桶裝和瓶裝各半的劍菱清酒一升，說是熱清酒就是要木桶裝和瓶裝各半兌著喝才好喝；人家送的黑牌Johnny Walker威士忌和J＆B威士卡各一瓶；同樣也是人家送的拿破崙白蘭地一瓶；最後是波瑪利香檳酒三瓶。

所以最近當有人問起我的酒量時，我會好聲好氣地回答：

「我們的酒量不是數量而是用時間計算。我應該是二十到三十小時吧。」

■關於宿醉

宿醉有輕重之分。遇到嚴重宿醉，做什麼也沒用。只能隔天乖乖地躺在被窩裡，直到第三天緩解成一般程度的宿醉後再想辦法解決。

基本上這世界上並不存在能解宿醉的良藥，但人們偏偏還是想要嘗試看看可說是宿醉的症狀之一。四處打探之下，每個人都擁有各種的特效藥方。

從類似西方魔咒的Egg Oyster偏方——將一顆蛋黃打進雞尾酒杯中，加入塔巴斯科辣醬、番茄醬、伍斯特醬稍加攪拌後一口氣喝下，到按摩過後泡個熱水澡的純物理性治療法，千奇百怪的方法應有盡有。作家梶山季之會喝下一整瓶的可爾必思後再洗蒸氣浴。雖然不知道有何根據，但那種想喝掉一整瓶可爾必思的心情我完全能理解。我的特效藥自然而然就是為了解酒而喝的酒，如果情況許可的話再吃碗冷麵。

所謂的冷麵就是韓國冷麵，跟其他國家的涼麵大不相同。照理說原料應是蕎麥卻幾乎是以馬鈴薯澱粉為主再兌上一點的蕎麥粉和麵粉，至於比例多少則是祕方。所以做出來的麵條跟蒟蒻、米粉有點像又不太像，呈半透明狀富有嚼勁。將麵條放進冷雞湯中，上面堆放豬肉、泡菜（專為冷麵醃漬的白菜）、水煮蛋、梨子等配料。

宿醉時就想大口吃下冰冰涼涼、湯水淋漓、油脂適度、口味清爽的東西。我覺得冷麵在這一點可說是幾乎滿足所有的理想，可惜的是冬天賣冷麵的店家極少。由於冷麵得接到訂單後才開始做，否則麵條容易糊爛。冬天點來吃的客人少，自然多數店家也就不太願意賣。為了解宿醉之苦而上門，結果吃了沒賣冷麵的閉門羹豈不是悲劇一樁。反而會讓我陷入「這種店家不可饒恕」的忿恨情緒。

■好生羨慕

宿醉時總想吃些湯湯水水的東西。宿醉分為兩種，所謂的湯湯水水也分為想吃熱食或冷食兩種情況。

想吃熱食時，拉麵最為方便。想吃冷食時，前面說過非韓國冷麵不可；但就難在一般家庭無法輕易做得出來。仔細想想，除了冷麵之外，市面上也沒有看過搭配冷高湯的蕎麥麵吃法。

到處打探之下，得知寬扁麵有這種形式的吃法。我立刻嘗試看看，果然作法簡單，味道也不錯。

將煮熟過完涼水的寬扁麵放進冷高湯中，再堆上滿滿的蘿蔔泥和柴魚片吃。加點炸蝦也很好吃。適合冷高湯的配菜應該還有很多，想到什麼就立刻試試看也成了生活樂趣之一。日本蕎麥麵應該也能如法炮製才對，但恐怕會被饕客斥責是旁門左道！

試著用中華麵做成韓國冷麵，就菜色而言還滿有模有樣的，可惜稍微油膩了些。

雞湯用少許醬油調味，淋上一點麻油和辣油，撒上炒過的芝麻。將煮熟過完涼水的中華麵放進湯中，配上豆芽、雞肉、小黃瓜絲、水煮蛋等就完成了。

加上泡菜和切成薄片的梨子則更像韓國冷麵了。

就這樣我在沒有任何知識的輔助下暗自摸索冷食湯麵的口味。但是天地何其遼闊，各式各樣的冷麵早就被發明出來了。想到那些發明者如今這個瞬間正在世界的某個角落吃著冰涼麵條，喃喃自語「嗯，宿醉就是要吃這個」，不禁好生羨慕！好生羨慕呀！

■遲鈍

有時長年的茅塞會突然頓開，讓人興奮得想大叫一聲。

比方說沖泡茶葉時，每一次都必須將茶壺裡的茶湯給倒乾淨不留殘餘。換句話說，每次倒進開水時都應避免超過需求量。

就只須留意到這一點，沖泡出來的茶湯味道便大不相同，我竟然直到最近才知道。或許該說是太過遲鈍吧！

說到喝茶，各位是否有人會使用濾茶器沖泡紅茶呢？那真是大錯特錯，紅茶就應該用茶壺沖泡。所謂的茶壺或是日本的急須壺，就是專門用來泡茶的工具，而不是照各位的做法淪為運送濾茶器沖出來的茶湯的容器而已。

這一點我也只是大概知道，但還是很慶幸這世界上有人「不願喝」用濾茶器沖泡的紅茶而斷然拒絕。

我雖然很愛吃蕎麥麵，卻直到最近才知道過去信以為真的蕎麥麵醬汁作法是錯誤的。

也就是說，我一直以為是用普通的柴魚高湯加以調味而成。沒想到根本不是那麼一回事，蕎麥麵醬汁完全是用柴魚熬煮的高湯做的。

「我們蕎麥麵店用的柴魚片數量之多會讓你們嚇一跳。首先基本比例的就是四杯水用掉四十公克的柴魚片。市面上不是都有賣一大包真空裝的柴魚片嗎？那就是四十公克。那麼多分量的柴魚片用四杯水煮，柴魚片被吸進水裡和蒸發後，大約能煮出五人分的醬汁。所以說蕎麥麵店的醬汁很花成本的。

「因為成本比蕎麥還貴，最近有些年輕客人醬汁用得凶，動不動就要求要續醬汁，實在讓人不樂見呀。」

「說得也是。那柴魚片要煮多久呢？」

「一般家庭的話，頂多煮個十到二十分鐘。蕎麥麵店各家不同，有的甚至要煮兩個小時。」。

這真是打破了我的認知。根據我對柴魚片的常識，還以為柴魚片只能下水煮沸幾秒鐘。怕煮過頭的柴魚高湯會有魚腥味。

「那是錯誤的。我們蕎麥麵店反而是要經過徹底的煮沸來消除柴魚的腥味。」

以上是淺草尾張屋老闆告訴我的。

■小病人的快樂

小時候常生病，卻沒有因病受苦的記憶。反而覺得生病就像是改變日常生活的一種魔法。與其說是痛苦，其實帶來的是接近快樂的甜美經驗。

本來那種發熱、慵懶的感覺就很愉悅舒服。這時默默地閉上眼睛躺在被窩裡，一點也不會覺得無聊。奇妙的幻想伴隨著心臟的鼓動，不停地湧現與變化。有時腦海中充滿了齒輪、鐵鍊和莫名其妙旋轉的圓柱。然後下一個瞬間，我置身在茫茫原野中，拚命追著巨大透明的蟬東奔西跑。

所以說躺在被窩裡讀書，一下子感到厭煩而拋開書本，陷入長時間的百無聊賴肯定是恢復期的現象。進入恢復期又是另一種的愉快經驗。

比方說母親差不多要來打掃房間了。首先她會先打掃沒有鋪上被子的另一半空間，整理乾淨後再將我連同整個被窩一起給移過去。

想想看整個人躺在被窩裡一起被移動，對小孩子而言會是多大的奇蹟。會有多刺激呢？此一瞬間小旅行就是生病時的最大喜悅了。

一進入恢復期，差不多也該可以進食了。通常一開始先吃加了酸梅的稀飯。光是單用小砂鍋煮一人分的稀飯，就足以有效刺激病人的自尊心。隨著身體狀況漸好，接著改吃白肉魚，而且撒嬌要母親幫忙挾魚肉，那種愉悅的感覺更是無以復加。

還有藥水。那也是讓人高興的原因之一。玻璃瓶上有刻度，醫生指示每次喝一格的分量。通常每次都會作弊故意多喝一點，以至於藥水比預定提早喝完。為何那種褐色微甜的藥水會那麼好喝呢？

感冒時喝的蛋酒也很讓人期待。不過那應該是加了很多水稀釋過的酒吧。因為我自己做來喝的蛋酒，酒精濃度可不亞於魚鰭酒。

生病時母親為我做的點心似乎也都很時髦。不知道出生在明治年間鄉下人家的母親是如何取得蘋果汁、法式吐司的做法。或許因為自己的小孩生病，所以才慎重其事地翻閱當時的婦女雜誌尋找食譜吧。

■完蛋了！

我的祖母活到八十三歲，晚年只對吃東西有興趣。雖然臥病在床，旁人卻常看到她難看的吃相。

我的身體有時會突然變虛弱，經常需要輸血。每一次輸完血，祖母就會掏出不知從哪裡攢來的私房錢叫外賣壽司，千叮嚀萬囑咐說：「只有你才能吃，不可以讓其他人吃。」

不過我並非要寫關於老醜的主題；而是祖母死時，我想到一件「完蛋了」的事。祖母是醃漬酸梅的高手，她做的梅酒更是好喝。我卻沒能事先問清楚她的作法。就連滷蜂斗菜，要是味道不如祖母做的我就不吃。我竟也忘了問祖母這道菜的作法。真是懊悔莫及。

其實若只是作法，住在一起的家人耳濡目染總能知道個大概，實際動手做卻滋味大不相同，連點邊都沾不上。

滷蜂斗菜的作法極其簡單。蜂斗菜洗淨後陰乾一天。等到太陽下山後切成一寸長的小段，浸泡在醬油中加上少許的辣椒後開火。接下來就是很有耐性地煮到湯汁收乾。

至於酸梅就費功夫了。大致的程序是，將泡過一晚水的梅子撒上鹽巴放進陶甕蓋起來。出水後拿掉壓在上面的石頭，將用鹽巴搓揉過的紫蘇葉和梅子交叉放進甕中。到了暑伏天就將紫蘇葉拿出來擰乾曝曬，將梅子放在竹篩上曬個三天三夜。從第四天起，只有白天放在陽光下曬，入夜就收進甕中。連續做一個禮拜後封甕，直到入秋才能打開來吃。祖母從入梅時節忙到入秋醃漬的酸梅，或許應該說是她沉重的人生歲月也給醃了進去吧，其他家人醃的酸梅做不出那種味道。

所以我這麼說或許很奇怪，各位請好好珍重家中老人。平常就要將隨著他們那一代逝去而斷絕的手藝給學起來傳承下去。

啜飲著祖母十三年前釀的梅酒，我不禁感慨良深。

■口哨波蘭舞曲

什麼時候開始會吹口哨的呢？印象中看到朋友很會吹，自己卻吹不出來，覺得很不甘心，應該是在四歲左右吧。那個讓我羨慕不已的朋友則是七歲吧。

就在那不久之後，我突然會吹口哨了。附近家的小朋友染上痢疾，謠傳流經他們家門前的小河裡有痢疾病菌，一旦太過靠近就會被傳染。我蹲在小河邊，一邊用木棒攪亂水流，一邊盯著看會不會有痢疾病菌化成的陰影流竄過來。就在這時我突然發現自己的嘴裡竟吹起了口哨。頓時感覺自己好像也變成了大人，一股想挺高胸膛的驕傲感油然而生。

九歲的某一天，我和朋友騎著一輛腳踏車要去飛機模型材料店的路上時，頭一次學會用客觀的角度傾聽自己吹的口哨。聽到坐在行李架上的我吹起口哨，一邊踩著踏板的朋友不禁發出了冷笑。

「你吹的是什麼口哨呀！難聽死了。別吹了，快別吹了。節奏模糊不清斷斷續續的。不行不行，你得吹得更清楚些才行！」

我大吃一驚。最讓我驚訝的是居然有人對吹口哨這種雕蟲小技也如此講究。朋友也示範吹給我聽，果然他的口哨錯落有致。每一個音都清晰可辨。也就是說，我的口哨從這一個音跳到下一個音時，會有一種難以言喻的滑音，所以聽不清楚，使得整個旋律也變得含混不清。

之後我努力練習切割（不知道這種說法適當與否），為能口齒清晰地吹出哨音，我必須學會在每個音符之間插入短暫的喘息空檔。

另一方面，我的音樂修養也日漸充實，到了讀高中時，已經能用口哨完整吹出巴哈第二號組曲中的長笛演奏部分。眾所周知第二號組曲中波蘭舞曲的長笛演奏十分困難。我能乾淨俐落地吹出這首曲子，包含振音（vibrato）和顫音（trill）等裝飾音都能勝任。當然說是顫音，終究無法發出如樂器般的機械音，而是一種具有顫音效果的快速激烈振音。各位應該也能從莫札特C小調彌撒曲的女高音演唱中發現許多類似的顫音。

我們這群同好每天都會聚集在一起，以口哨主旋律和口哨交響團的方式練習所有知道的樂曲。有時甚至還不惜熬夜。如今回想真是充滿愚蠢的熱情。

在以嘴巴演奏交響樂方面，我發覺自己有模擬法國號的才能。我用嘴巴模擬出來的法國號，頗能傳達出法國號的神韻，遇到快速的轉音，還能精密發出就像法國號般有點不順暢的走音感覺。

在國外時曾經徹夜和倫敦的芭蕾舞者用嘴巴演奏完整齣的吉賽兒舞曲。不過在這種情況下會有所謂的語言障礙。比方說日本人模擬的「噹、噹、噹」到了英國人口中會變成「叮、啦、答」。儘管會有那種問題存在，但想要用嘴巴重現音樂的根本精神是不分東西的。大概所有的唱片愛好者都有著那股巨大熱情，一種甚至超越聆聽唱片本身的喜悅吧。

我考慮有一天要聚集這些對重現音樂充滿熱情的人們成立大型組織。就連組織的名稱也都想好了。

「國際唱片藝術重現者協會」（簡稱「國唱」）

你們覺得如何呢？

■肥皂說明書

「肥皂水的表面張力低於水，所以能形成許多水分子無法滲透進去的縫隙。」

我記得以上是小學五年級的自然課學習到的知識。老師還說：

「我們的皮膚表面沾有汙垢，表面張力較大的水無法進入汙垢和皮膚之間的縫隙，但是肥皂水穿透得進去。因此用肥皂洗澡時，肥皂水會包裹住身體上的汙垢，變得容易清洗得掉。這就是肥皂水的作用。所以有的人會拿手巾抹上肥皂再用力搓洗身體，其實毫無意義。正確的洗澡方式是抹上肥皂後，要給一點時間等到肥皂水包裹住汙垢，再用熱水沖洗掉即可，就是這麼簡單。」

結論讓人很意外。

顯然我的自然老師個性有點頑固與偏執。澱粉能被唾液中的澱粉酶分解，蛋白質則無法被唾液分解，而是靠胃液裡的胃蛋白酶產生作用才被消化的。所以吃肉時根本不須咀嚼，也是這個老師教我們的。

我沒有試過將肉整個吞進肚子裡；倒是做過肥皂的實驗，結果發現不太適合我的個性。各位請想想看將身體塗滿肥皂，靜靜地坐在澡堂五分鐘會是多麼淒涼的景況。濡濕的身體逐漸開始發冷，既不能做什麼也不能想什麼，只能拱著手默默地呆坐在那裡，不禁感嘆自己是多麼地沒有防備、多麼虛無縹緲的存在。

換作是老師又會怎樣呢？假設老師是個言行一致的人，他能否在吃肉不咀嚼的晚上，全身塗抹上肥皂一個人坐在澡堂裡，忍受著直逼上身的孤獨感呢？

繼續往前追溯關於肥皂的回憶，還記得小時候的賽璐珞玩具小船。那應該是格力高（Glico）糖果的贈品，一種只有小指頭大的的賽璐珞玩具小船。

將鮮豔的天藍色或粉紅色賽璐珞板切割成狹長的棒球壘包形狀，尖端部分是船首。然後再黏上用黃色賽璐珞板切割而成的簡單煙囪和艦橋。小船航行的動力是樹脂。船尾抹上一點櫻樹脂後漂浮於水面上，樹脂會在水中溶解產生彈力，進而推動船身滑行。漫長的夏日午後，賽璐珞玩具小船可以讓四歲的我百玩不膩。樹脂溶化光了，就抹上一小塊肥皂。儘管溶解的速度不及櫻樹脂，小船還是滑行得很快。樹脂和肥皂溶解，小船彷彿航行在水面閃爍著七彩霞光的大海上。

■蚊子

又到了蚊子肆虐的季節。

五、六月的蚊子，因為尚未完全適應人類，還算好對付。一旦到了八、九月就不行了。只見熟知人類攻擊手段、身手俐落的餘孽們如跳梁小丑般猖獗。

啪！啪！對著蚊子擊掌往往落空，搞到最後手掌倒先紅腫發燙了起來。

讀小學時經常玩鬼抓人的遊戲，被抓到的人得手牽著手變成一道長長的鬼隊伍。你有沒有過當鬼的隊伍越來越長，都已經長到從操場這頭連到那頭時，自己還沒有被抓到的經驗呢？那時的心情好像有點不安與悲傷，也好像有點高興與雀躍，心底卻又開始微微發毛，或許活到九月的蚊子也類似那樣的心情吧。

然而蚊子這種生物實在是具備許多討人厭的天性。

基本上牠叮人真是為了吸血而不是為了惹火我們嗎？既然如此，牠的態度就該更謙遜些吧。比方說叮完後，何必還要害人癢得要命呢？一點意義也沒有嘛。算了，被叮和會癢這兩件事都還能忍受。

最叫人受不了的是那種聲音。照理說讓人類知道自己身在哪裡很吃虧，會帶來危險不是嗎？真不知蚊子這種生物在想些什麼，行為舉止簡直分崩離析缺乏邏輯！

反正只要讓蚊子能達成吸血的目的就好，難道我們人類不可以捐出個幾ＣＣ的血，建造一個巨大的血池好讓蚊子可以直接飲用嗎？

「有種東西叫做蚊帳。」

「不錯嘛，蚊帳這東西。」

「對了，蚊帳通常不是上面是白色，越往下襬的地方，顏色就越來越藍。」

「鄉下地方的蚊帳多半整個都是綠色的。」

「沒錯，而且很奇怪，總是會有一股類似樟腦的味道呀。」

「不知道為什麼，待在蚊帳裡面感覺心情很平靜吧？感覺特別舒服，可以平心靜氣地讀書。」

「我一鑽進蚊帳裡，心情就覺得特別雀躍。躺在被子上就想要抬起屁股，用腳去踢蚊帳上方。」

「沒錯，用力往上蹬腳。還有睡覺時，會隔著蚊帳探索開關好關掉懸在天花板下面的電燈。那種觸感很特別，沙沙的。」

「進蚊帳也有特定的方法，所有人得一聲號令下，動作很快地同時進去。」

「蚊帳收疊時很困難。上面不是縫有一些紅色的布條嗎？就是方便收疊的記號。」

「沒錯沒錯。不是還有掛蚊帳的吊環嗎？連著綠色的繩子，或者該說是紅褐色。上面有葫蘆形狀的調節器。」

「飛進蚊帳裡的蚊子是死路一條，啪、啪、啪地一下子就被解決了。」

「常常有從外面飛來的蚊子，嗡嗡叫地停在蚊帳外面伺機而動吧。」

最近市面上有賣「電子捕蚊器」，我滿心期待跑到電器行去看。光是聽到「電子捕蚊器」的名稱，腦海中就浮現出以下的機械樣貌。

從一個大型金屬箱中伸出兩隻伸縮自如的金屬手臂。只要一有蚊子靠近箱子，兩隻手臂就嗞嗞作響地伸出來，兩個手掌啪一聲地將蚊子給打死。嗞嗞、啪啪——眼角餘光看著「電子捕蚊器」大展身手，我坐在敞開的窗前翻閱書本。感覺人生還不到放棄的階段，一切還大有可為哩。

■欺貓手

以下所寫內容缺乏相當的可信度。

據說相撲招數中有一招名為「欺貓手」，動作也沒什麼，就是彼此對峙時，猛然在對手的面前擊掌。趁著對手退縮的瞬間再使出自己擅長的招數取得勝利。真不知是誰想出來的絕招。

大概創始者想到此一主意時，感覺是天外飛來的妙計而暗自竊笑，心想：

「招數名為欺貓手吧。嗯，就這麼定了。」

隔天喜形於色地前往公會要找橫綱對決。只見橫綱面不改色地用手一擋開，貓欺手的作者當場就給摔到了土俵場外。最後帶著一臉羞愧的苦笑夾著屁股落荒而逃。

我有個朋友很喜歡針對人們的盲點提出這種的「妙計」或奇招。

例如他喜歡的運動是劍道，擅長的招數是「出籠手❶」。

什麼是出籠手呢？

兩名劍士睜大眼睛對峙。不久後發覺對方即將有動作的瞬間，立刻用竹刀擊打對方的籠手護具。這是一種動作極小的運動，能夠如此渺視對方地贏得勝利，對他而言充滿了莫大的魅力。

又比方說，他突然說要教我不用繳納稅金的方法。

「重點就是全部都不要繳。不繳稅金就會收到催繳單吧？收到催繳單就去繳個一、兩百塊即可。每次一收到催繳單就如法炮製。就是這麼簡單。」

「可是會被扣押財產吧？」

「不會的啦。因為有繳一、兩百塊錢，表示有繳納稅金的意願。只要有繳納意願就不會遭到財產扣押。」

聽起來好像還滿有道理的。

他對糖尿病患者的勸告才更是精采，而且格局雄偉。

「你如果想治好花錢的病就得去蘇聯不可。這是我聽認識的留學生說的，去蘇聯留學得先做身體檢查，結果他被通知要馬上住院。你猜病名是什麼？」

他壓低聲音接著說：

「說是營養不良呢。也真是的，看在我們眼裡根本沒事嘛。不過就是臉色不太好但活蹦亂跳的年輕人呀。結果根據他們那邊的健康水準竟然是營養不良。營養不良就不能勞動，得先住院把身體養好才行。」

「你怎麼又說是勞動呢？不是說那個人是去留學的嗎？」

「那裡可是蘇聯呀！所謂讀書就是勞動。因為是大學生要讀書，只要肯工作就有錢可

---

❶ 籠手是日本劍道用來保護手背和手腕的護具。

以拿呀。」

「不會吧？」

「真的啦。去醫院當然也是不用花錢。你最好還是想辦法去蘇聯吧！肯定一開始的身體檢查就要被迫強制住院，因為你也會因營養不良而住院。你要是有糖尿病就更吃香了。可以舒舒服服住在黑海沿岸克里米亞半島的豪華療養院裡直到病癒為止，豈不很棒？而且還是免費，你知道嗎？免費的呀！」

半年前造訪他家時，他在赤貧如洗的氣氛中訴說起中東旅遊計畫。

「我打算到一些回教國家旅行或定居個幾年，也就是考慮歸化。然後用新的國籍再回到日本時，你猜會怎樣？當然是高興得不得了，因為是回教國家的人可以娶四個妻子呀！」

接著他又語帶失望地表示：

「可是現在還不行。我既沒有旅費，到了國外的生計也還沒有著落。沒辦法只好先在東京和大阪各找九個女朋友，讓她們進行東西棒球對抗，由我來當裁判。已經找到五個人了，姓氏各不相同。有投手渡邊、捕手森，兩人都很適合。至於田中這個姓氏該放在哪個位置呢？二壘手吧，還是應該靠近中間一點呢……」

■保齡球

我想聊聊保齡球的話題。

不要聽到我這麼一說便面有難色嘛。保齡球不見得就如你想像的那般輕佻膚淺。我反而覺得該嚴肅以對。我能理解你聽到保齡球三個字就覺得俗不可耐的心情，就像我對有關高爾夫的文章也抱有同樣的感受。

那些寫高爾夫球文章的作家們，不是有人老愛提到「handi」「compe」等拗口的字眼嗎？我就是看不慣這一點，既然職業是寫文章的人，為何要用那種簡化的字眼？至少該寫成正確的handicap（差點）、competition（競技）吧。用什麼語焉不詳的「handi」、「compe」嘛。真是令人厭惡至極！氣得我暗地發誓絕不再讀該作家的作品。

話又說回來，我討厭的是文章，可一點也沒有否定高爾夫球趣味性的意思。也就是說，事實上我認為高爾夫球肯定很好玩。應該說一般使用球的運動都很好玩。因為使用球的運動其原理都很簡單。

既然叫做高爾夫球，就是規定將所有動作匯集成使用高爾夫球杆打球而已。但正因為就是那麼簡單，反而更加困難、更加深奧，更讓人覺得興味盎然。

再回過頭來談保齡球。

保齡球跟高爾夫球一樣，也是極其單純的遊戲。也就是滾動一顆球撞倒十根球瓶，如此單純的遊戲。不對，也許用遊戲這字眼並不恰當。因為就遊戲來說，保齡球太過困難了。保齡球不是可以讓人盡情玩樂的遊戲，這一點只要是某種程度修習過保齡球技的人應該都能感同身受吧。

我剛才在無意間用了「修習」二字，或許更貼近事實吧。因為那些嘴裡常說不過只是一種遊戲或是自己是為了鍛鍊身體才玩玩的人，沒有一個人保齡球打得好。也就是說全部都是為了掩飾球技爛的藉口。

「保齡球一詞讓你聯想到什麼？」

「意識到自己所有的動作吧。因為一旦意識不到，動作錯誤時便無法修正。」

「王貞治選手常簽無心（專心一志）二字送給球迷。我能理解那種心情。有時在意識中一旦產生這一球可能會偏右的不安，往往很有可能無意識中會投出偏左的球路。換句話說，是自己敗給了自己。」

「越是不行的人，藉口越多。老是說不知道為什麼今天的狀況就是不太對勁。所謂的藉口就是自己騙自己。」

「有怪癖的人也很難進步。還是得規規矩矩按部就班，而且能好好聽取高手的指導才進步得快，不是嗎？」

「不是有所謂的變化球嗎？美國還有專門為五個手指設計不同指孔的球，有的還加上奇怪的把手，抓住把手將球丟出去的瞬間，自然就會縮了進去……像這樣走旁門左道的人就絕對不會進步，感覺他的人生也不值得信任。」

「還有球技變好的人，感覺上似乎有很多人過得不太幸福。感覺是不幸、禁慾的人。因為你想想看嘛，保齡球要打得好，一天至少得花三小時，每天都到球場練習至少也要花個一年到兩年才辦得到。那種受女人歡迎、每天都過得精采的人，怎麼可能像我們跟傻瓜一樣這麼熱衷於打球呢？怎麼想都不可能呀。」

■至死方休的病

怎麼做才能看起來更漂亮呢？怎麼做才能看起來更具魅力呢？怎麼做才能被吹捧在手心呢？以上原本都是女人才有的想法。

然而最近情況有了轉變。

「哇，今天梳了個帥氣的髮型喲！感覺很厲害嘛。」

「你身上的皮爾・卡登（Pierre Cardin）也很不錯呀。女孩子們看到咱們倆，應該會有被電到的感覺吧。」

「就是說嘛。你先等我一下，我的頭髮還要再吹一下。」

如今這種男孩子有增多的趨勢。將他們的對話改成女生用語也說得通吧。

「我去補個妝，妳等我一下。」

「好呀，我們應該很搶手吧。那些男生一定會迷死我們了。」

換句話說，受歡迎與否已成為男女關係的最高指標。這下可糟了，年輕時就習慣這種價值觀其實很危險，恐怕會變成終生無法愛人。

你應該會說：不會發生那種事。眼前只要有喜愛的人出現，自己也就不再遊戲人間了。

但你就錯了。因為受歡迎與否的價值觀比你認定的還要更根植於你的內心深處。

首先，你是比自己以為的還要更加被動的人。如果你覺得我亂說，那就試著把自己關在房間裡，就關個三天吧。如此一來，就會發覺自己有多麼地渴望人愛。

也就是說，你一直以為總一天會有救世主出現帶給你幸福。從前有個人叫勞倫斯，他說：「男人心中存在著『自己很搶手』的奇怪慾望。」你是否跟那種期待美好白馬騎士的女生沒有兩樣呢？

你認為所謂的幸福，不應該自己去爭取，而是要靠別人的施捨。所以聽清楚了！一旦幸福破滅時，你的心境就會發生以下的變化。

「那傢伙給予幸福的方法太糟糕了。」

「她是個沒有能力帶給人幸福的女人！」

到底是誰沒有能力呢？

現在最要留意的是，受歡迎的精神結構中沒有「現在」的概念。

在遙遠的未來裡，有著光鮮亮麗的理想女性形象，她好像可以為現在的你帶來幸福，在那之前反正都是空幻的生活，都是濫竽充數吧。即便是在奔赴約會的電車之中，你的視線依然飄忽不定地找尋新目標。

然後就算和女生正在約會，心中已開始盤算打電話給下一個女生。

這可是很不好的傾向。幸福往往在錯失之後才驚覺曾有過。心中想著下一次要怎樣，下一次會緊緊握住時，一生也就結束了，你才發覺自己錯過了所有的幸福（我說的是自己切身的經驗，請你一定要認真聽）。

人只要開始生活在失去現在的時間體系之中，就已罹患至死方休的病。

將經常活在虛渺的期待和淒涼的悔恨裡。

一心憧憬著並不存在的未來幸福，哪怕真有值得愛惜的少女服伺在你身邊，你也視而不見。

「吵死人了，不要再跟著我碎碎唸啦。幹麼不勸我偶爾也該出去偷個腥呢？真是的。我實在是受夠你了！」

終生將陷入以上的被害意識而不可自拔。

所以說，年輕人呀，千萬不要嚮往當什麼花花公子！有個叫弗洛姆的人說過：那不過是缺乏自信的男人想用玩過多少女人的數字來證明自己是個男人罷了。

■人皆如此！

「女人皆如此！」

這是我朋友的口頭禪。

「因為任何女人都有優點也有缺點。只要共度一生，加加減減的結果就是零。不是嗎？加加減減之後都是零，所以說女人皆如此。」

他的妻子是個從頭到腳無聊透頂的女人，興趣是聽流行歌、逛百貨公司的特賣會和玩柏青哥。喜歡的食物是烤大福和市場賣的可樂餅。光是寫出來都讓我覺得害臊，她就是個典型的庸俗女人。

「不過那傢伙還是有一項優點，那就是她沒有惡意。所以假設我是跟才華洋溢但有點任性的女人結婚，要是問我哪一種婚姻比較幸福呢？我想應該都差不多吧。長時間下來，加加減減的結果就是零。」

男人說完後沉默不語。

他正偷偷地將自己的妻子和剛才提到的虛構才女放在天秤上衡量吧？或者回首前塵，將自己的妻子和女朋友放在天秤上衡量呢？總之他暫時陷入沉默之中。

真的是女人皆如此嗎？

「都一樣啦。」

別的朋友說話了。

「不，我的意思是說男女都一樣。也就是說男女之間的問題，終究問題都出在自己身上。以為有一天理想的對方會出現，從此海闊天空萬事如意的想法本身就很可笑。天底下沒有完美無缺的女人，也就是說，問題不是對方的錯。」

「那我就要問了，你老是喊著哪裡有好女人、哪裡有好女人，又是怎麼回事？」

「不是，我現在說的不過是一種理想嘛！說出希望如何如何的願望。結果再怎麼尋尋覓覓也找不到好女人呀。就算認為對方應該是不錯的女人，在一起後馬上又會膩了。」

「你說得沒錯，應該會膩。」

「應該會膩吧。」

「會膩、會膩。」

「不是想膩才變膩的。儘管心裡想著一生都不會膩將有多幸福，結果還是膩了。」

「所以問題不在對方，而是出在自己身上。我認為在想著一生都不會膩之前，要是連現在都無法全力愛上眼前的女人就不是真情愛。若能隨時都想著把握現在、把握當下，日積月累直到終其一生的話，也就等於鍾愛一生了。」

「你在說些什麼呀！明明先說會膩的人是你呀。」

「你們說的會不會是這個意思呢？也就是說，我們所做的根本談不上是戀愛或愛情。」

有新的人加入一起探討。

「比方說有個喊著我很空虛的男人，還有一個喊著人家很寂寞的女人，彼此為了找人來填補自己的空虛寂寞而蠢蠢欲動，所以兩人一下子就黏在一起。也就是說他們是因為寂寞想要有個對象，跟真正愛上對方是不一樣的。偏偏我們把這種因為寂寞想要有個對象的感情視為戀愛，不是嗎？所以兩人一下子就黏在一起，以為自己很幸福時便開始生膩。因為他們已經不感覺寂寞了，同時也就失去了彼此相吸的力量呀。」

「在這種情況下，一旦沒有了距離後，通常都是男方先生膩。」

「說得很對。」

「於是乎男人又開始覺得寂寞，又開始想找新的對象來加以填補。」

「於是乎當然女人也開始覺得寂寞，而不肯放掉男人，也就是一再相逼。」

「男人越是被逼就越不知如何是好，反而更加左閃右避。」

「其實不必相逼，當距離到達一定程度時，男人會回頭的。女人真是笨呀。果然說女人皆如此！」

「沒錯。本來能夠快樂一起過一輩子的女人壓根就不存在。怎麼可能會快樂嘛，女人家的。」

「沒錯、沒錯。」

最後所有男人一起大合唱。

■嫁給我吧

「女友的母親真是理想的母親呀。」

「那不是很好嗎？」

「問題是女友一點都不像她母親。要是像的話，我早就求婚了。」

「哎呀，你因為那種理由而遲疑嗎？那絕對要結婚才好。絕對沒問題的，我可以掛保證啦。」

「白痴！我不是隨便說說而已，我是真的很煩惱。」

「哎呀，我也不是隨便說說而已的呀。要知道女生一旦結婚後就會變得跟自己的母親很像。這是一定的，所以你大可放心啦。」

因為話題落到意外的點上，氣氛冷了下來，在座的人都陷入沉默。

春色正濃。窗外的木瓜、李樹、連翹、桃樹等百花爭放。聚集在此的還是那些人，十七到二十三歲的女生，二十五到三十七歲的男人。

「是嗎？女人結婚後就會變得跟母親很像。真的是那樣子嗎？岩崎老弟。」

「嗄？你問我？我想想看家裡的情況怎樣……好像有變像吔，不對，好像也沒有。不對不對呀，絕對不可能吧……可是應該有像吧。」

「看來不是很明顯嘛。宇野老弟呢？」

「像。」

「像嗎？」

「像。不過要想不像的話，就得看老公的本領不是嗎？」

「那倒也是。有些地方太像也很麻煩呀。這麼說來，美真子最近好像越來越像妳媽媽了。」

「是呀，我的確是越來越像了。會像也是當然的呀。從出生起就都住在一起，且不說對事情的看法那種抽象概念，而是像柴魚要買人邊、海苔要買山本、弔唁時該說什麼話、煮筍子時米糠怎麼放等，也就是生活環境中耳濡目染的結果吧？這方面的影響力很強。」。

「的確很強，絕對很強。所以從前的人不是常說嗎？相親時要想知道女方是什麼樣的人，就要先仔細觀察其母親。」

「心想以後會變成這樣子滿臉皺紋的老太婆嗎？」

「不是啦。當然那方面也有。但比起長相外表，女人結婚後會越來越像母親，性格方面啦會越來越像。」

「性格嗎，是喔，會很像嗎？」

「像呀、像呀。尤其是對待老公的態度真的是相像得驚人！」

「沒錯，小風。母親的個性堅忍，很奇妙地女兒也一樣會變得堅忍。母親是醋罈子，女兒結了婚以後很奇妙地也立刻開始會吃醋。反過來說，對於丈夫外遇不以為意的人，她的女兒也一樣看得很開，胸襟比較開闊。大概就是這麼一回事。」

「那我有一個疑問，既然是住在同樣的生活環境，結婚之後為什麼不會變得像父親呢？或者應該說之前像父親的女兒反而開始像母親了呢？」

「那是因為在一起的時間不一樣呀。首先，父親的影響比較屬於理性面的，不過只能算是一種烙印。也就是說父親的影響並非生理上的根深蒂固。何況女孩子對於同性的觀察力，或者說是模仿的精神實在很旺盛。而且她們最早模仿的目標就是母親。所以女孩子一結婚立刻就有為人妻子的風範，行為舉止開始有彷彿相處了十幾二十年的老婆架式，其原型就是來自母親。因此說女孩結婚後會像母親是正確的。此一說法最早是重松提出來的。」

「是喔，原來如此。不對，應該說我知道了。那我明天就去跟女友說請嫁給我吧。」

■現代五項

有個名為「現代五項」的競技。我記得內容應該是馬術、射擊、擊劍、游泳和越野跑等五項。

也就是說，可以想成是一個男人帶著重大使命前往目的地。

當然一開始是騎馬出發，所以是馬術。可是不久之後馬死了。為了對付群起圍攻的敵人，得拿起手槍防身。

漸漸地彈藥用盡了，於是抽出劍來劈死一人、兩人，終於開出一條血路時，眼前突然來至大河邊。立刻下水直線前進游泳過河，接下來就只需跑步便能抵達目的地。以上是我解讀隱藏在現代五項競技背後的故事大綱。

有個朋友對我說：

「你和我之間擁有奇妙的共通點。也就是我們都會拉小提琴。」

「嗯。」

「又是賽馬狂。」

「那一點也不稀奇呀。交響樂團裡多得是，賽馬狂的小提琴樂手。」

「不是那樣子啦，我還沒說完。我們兩人還都會撞球、會玩花札牌，而且只玩八八花札。」

「原來如此，的確還真如你所說的。」

「到此為止還不算什麼，最具決定性的就是我們都是玩劍玉球的高手。像我們這種組合全日本哪裡還找得到呢？」

「……」

「所以說呢，如果突然社會風氣轉變，會拉小提琴、喜歡賽馬、擅長玩八八花札、撞球和劍玉球也很厲害的人被視為菁英分子的話，我們不就成了全日本最偉大的人嗎？」

每個人都自以為擁有專屬自己的「現代五項」。

小時候我的現代五項是風箏、陀螺、尪仔標、說故事、抓蜻蜓。所謂的小時候大概是五、六歲左右吧。拉洋片說故事也可以用竹葉船代替。

到了讀小學時，所有項目全部更新。變成了紙飛機、三角堡壘、彈珠、釘繩、採集昆蟲。

一升上高中，開始加進了閱讀、散步、交筆友、唱片、電影等項目。

換作是現在的年輕人，大概會是開車、跳舞、保齡球、趕時髦、泡妞吧？

總之只要是能讓自己打從內心燃起熱情的事物都好，盡可能是專屬自己的。就算和別人做一樣的事，也要保有獨自的角度，看在旁人眼裡是樂在其中的。

比方說我有個朋友光是閱讀書籍方面就能分出現代五項。也就是邊走邊讀、邊騎腳踏車邊讀、邊上廁所邊讀、邊洗澡邊讀和邊理髮邊讀等五項。

另一個朋友作家山口瞳的現代五項是愛逛公園、跟飛來院子裡的野鳥玩、擔任素人棒球隊的教練、和園藝師傅交涉、觀看運動賽事。其他的朋友更是對運動會中家長參加的競技燃起熱情，將兩人三腳賽跑、吃麵包賽跑、借物賽跑、含湯匙賽跑、自行車比慢賽等號稱是自己的現代五項。

「最後來說說男人要求女人的現代五項吧！首先是會煮味噌湯的女人。」

「還有個性開朗的人、不愛嘮叨的人、不愛吃醋的人、可愛的人、性感的人……」

「喂！早已超過五項了。你們這些傢伙還真是無知呀！要我告訴你們真正的女人現代五項是什麼嗎？」

「……」

「女人的現代五項就只有愛說人閒話、愛吃零食、愛逛百貨公司、愛看電視，還有上床。你們這群白痴！」

■初老紳士

大概是上了年紀的關係吧，早上醒來得特別早。

明明才五、六點，整個人已經完全清醒。

按照作家永井龍男的說法，應該是一覺睡到醒的時間越來越短了吧。

早上沒穿衣服躺在屋頂上發呆。在日曬強烈的朝陽中仰望著藍天和白色積雨雲，無所事事。

上一次認真仰望積雨雲不知是多少年的事了，雲層的感覺跟以前一模一樣。

輪廓很像是人的側臉，只見臉型逐漸崩壞擴散，邊緣越來越向外開展的情形也跟從前一樣。

還有仔細觀察雲層邊緣的雲絮，看起來越來越像棉花糖也一如過去（小時候覺得很寬的路，長大後再看時總難相信會是同一條路，明明只是條破爛的小巷子。不可思議的是，對於棉花糖卻不會有那種感覺。從前看覺得很大，如今看還是覺得很大）。

接著盯著移動的雲朵看，突然間雲朵停止了移動，而我們所躺的建築物和大地自身就像巨大輪船一樣無聲無息、沒有發出震動地開始滑行了起來，從頭到尾一切都跟小時候一模一樣。

到底移動的是雲還是我呢？

看來上了年紀的確實是我。

從電車列車長、理髮店師傅、巡警等過去被視為「高人一等」的職業由比自己年紀輕的人接任後，我已經開始有了年紀。

一向以為大學生應該是個性比較老成的人們，不知從何時起竟變質成為一群幼稚的傢伙。

和他們交談時，往往會讓我深深意識到自己的年紀。

「你知道計算骨頭時，是用一chu、兩chu算嗎？我還是頭一次聽到。」

「一chu、兩chu？不知道，聽都沒聽過。」

「可是這上面就是這麼寫的。不信你聽我唸出來，從新幾內亞運回來兩chu戰歿骨頭……」

「白痴！」

不能說是骨頭，而是遺骨啦。

一柱（hito-hashira）、兩柱（futa-hashira）唸成一chu、兩chu，老人家是聽不懂的❶。

對於某女大學生而言，戰爭是很遙遠的存在。

「靖國神社是什麼？裡面到底供奉什麼樣的神明？」

「靖國神社供奉的是因為戰爭而死去的亡靈。除了之前戰爭的戰歿者外，也供奉了中日戰爭、日俄戰爭和明治維新的犧牲者。」

「所以說裡面拜的都是戰死的人嘍。」

「沒錯。」

「那就跟泉岳寺一樣嘛。」

「泉岳寺？」

此時我的表情肯定變得很奇怪吧，她趕緊補充說：

「當然以數量而言，泉岳寺供奉的要少很多，畢竟那裡只有四十七人❷，對吧？」

原來如此，復仇當然也算是一種戰爭。

朋友聽到我感嘆說「在這些年輕人眼中，我就是個初老（中年）紳士吧」，立刻開口制止並反問：

「慢點！你剛剛說什麼？」

「初老紳士……」

「shoro紳士？」

他一臉狼狽地大叫：

「哈！這下可好了！我到現在為止都以為該唸做uiro。日文不是有初陣（uijin，首次上陣）、初孫（uimago，長孫）等詞嗎？所以我以為初老紳士也應該唸成uiro紳士。」

看來到了我們這個年紀，唸錯字也充滿了老朽的味道。

抬頭仰望藍天。啊！移動的是雲朵還是我呢？

■關於圍牆的種種

「你住的地方還真是不好找呀。」

「會嗎？」

❶柱是計算神明的單位，就像中文說的一尊、兩尊。

❷泉岳寺以供奉為主君報仇的赤穗四十七武士而聞名。即知名的忠臣藏事件。

「我可是找了半天。而且在這一帶找路可一點也不輕鬆呀。」
「是喔。那是為什麼呢？」
「這附近是老社區。家家戶戶的圍牆都很高，感覺就像是走在圍牆和大門的樣本市場一樣。當然一點也不輕鬆呀。」
「原來如此。」
「如今日本建築也都是採用西洋工法，但是那些圍牆在西方也不太看得到吧。所以總覺得讓人有點寒意，莫非蓋出了偏離傳統的形式嗎？」
「你說得也是。的確那種水泥圍牆就只是水泥圍牆，講究一點的會用大谷石來蓋，卻還是一樣很難看。至少跟日本傳統有屋簷的圍牆比，就是少了一股陽剛氣息。」
「我覺得圍牆是讓日本市容變醜的東西之一。其證據就是東京有一個沒有圍牆的街區，這個街區很美。」
「是嗎，有這種街區嗎？」
「有呀，就是成城區。剛開始要建設成城區時，有位森田女士跳出來呼籲說我們的街區不要蓋圍牆，大家也都表決贊同她的意見。」
「真是一段佳話。」

「不錯吧。所以成城區沒有一戶人家有圍牆，大家都是籬笆。換言之，這就是所謂的想像力，不是嗎？」

「可是你不覺得唯一要擔心的是：少了圍牆保全怎麼辦？不會不安全嗎？」

「瞧你又在說蠢話。所謂的圍牆，的確乍看之下可以防盜；但如果換個角度想，對於一旦翻越圍牆進來的小偷而言，圍牆反而起了遮蔽外來視線的煙幕彈功能讓他們更方便辦事。」

「……」

「這是我從一個小偷那裡聽來的。最難偷闖進去的就是美國那種有前院的房子。」

「你說的美式房屋，就是那種馬路旁邊有一大片草地的庭院，房子就蓋在草地後面嗎？」

「就是那種。也就是說，馬路和庭院之間或許有低矮的柵欄，但感覺可以從馬路直接就走進屋裡。說是那種不設防的感覺，反而讓小偷不好下手。尤其庭院還亮著路燈的日子，小偷等於是站上了舞台一樣，對覬覦該人家的小偷而言當然很不理想吧！」

「話題先拉回來一下吧。這麼說來，西方的確很少有圍牆。我也住過不少地方，也造訪過許多人家，仔細想想，從面對馬路的窗戶總是能看到走在門前路上的人、車和貓狗；

反過來也經常目睹路上行人和坐在庭院享受日光浴的住戶閒聊的畫面。」

「只是扯到圍牆和國民性之間的關係，那又是不同的問題了。比方說喜歡圍牆的日本人比較保守、西方人比較開放等云云，那就大錯特錯了。西方人看起來開放，其實內在有時會堅持個人就是個人，冷酷地與外界保持孤立。這一點日本人乍看之下好像用圍牆過著有所區隔謹守分際的生活，實際上喜好比較隨意、可以開開玩笑、感情深厚不分彼此的人際關係。或許西方人的個人意識本身已經發揮了圍牆的功能，自然也就不需要另外再蓋圍牆吧。」

「啊，我想起一個在國外看到的圍牆。是在威尼斯附近的一個小島，整座小島都被一道白色的圍牆給圍住。圍牆裡面只見一棵又一棵的線杉冒出尖頭來。問了導遊說是Camposanto。亦即圍牆裡面、整座小島都是威尼斯人的墓園。還真的是一道雪白的圍牆哩。」

■留級建議

從小學、中學到高中，不管讀哪個班級，班上總是不乏什麼都不會的學生。

有的孩子雖然每天都有背書包來上學，而且同樣有抄下老師寫在黑板上的課業內容、有吃便當、有做體操、有做完打掃工作後才回家，卻還是什麼都學不會。

功課差到天可憐見。因為什麼都不會所以害怕上課被點到，連帶也害怕起老師。於是畏首畏尾地盡可能避開老師的注意，這就是他們在學校裡的行動原理。

課業內容，尤其是數學、理科和語學等必須循序漸進按部就班，如果一開始的階段無法理解就很難進入下一階段。

什麼都還沒學會懵懵懂懂之際，一下子就過了一學期。從頭開始學起需要龐大的精力，對一般小孩來說根本就像天方夜譚。

不料為人父母竟然對這種事一竅不通。其實只要回想一下自己的學生時代就能推論出大概，偏偏他們不做而是一味地指責小孩「都是你偷懶……」「誰叫你不夠用功……」。

事實上多半已經過了靠用功讀書就能挽救回來的階段。

因為家長的態度是那樣，所以小孩最害怕的就是「留級」吧。於是完全聽不懂課業內容的小孩為了通過考試只好作弊，不但跟教育所期待的形象大相逕庭；學校對他們言已變成灰暗陰慘的強迫觀念（請不要以為自己的小孩成績還可以就故意跳過這段文字。我說的是一個班級中大約占三分之一到二分之一的學生，所以拜託切莫掉以輕心）。

至於說到為何會產生像這樣什麼都學不會的學生呢？我想不是單純用頭腦不好等籠統的理由就能一言以蔽之。

比方說，是在上課的哪個階段開始趕不上的呢？或者說被刷到一旁、被忽略放棄了呢？

是不是欠缺很清楚知道自己哪裡聽不懂的認知能力呢？是不是沒有建立用功讀書的習慣——或者應該說是技術呢？

我再說個更可怕的例子，是某個小學的老師告訴我的。比方說有些家長非得要小孩在上小學之前先學會寫所有假名、學會數一到一百才肯罷休。殊不知這是造成劣等生的因素之一。

也就是說，小孩一旦上了小學，發現教的都是自己已經學會的東西，當然也就喪失用功讀書的熱情，開始對學校有些瞧不起。

然後突然間課程速度一加快，那孩子就會跟不上了。

前面寫了一大堆，但要是萬一不幸發現自己的功課落後，究竟該怎麼辦呢？

以我自己的經驗來說，最好的方法就是乾脆直接選擇留級。就當被我騙一次，先留級看看吧。而且要充分利用這一次的留級，你會覺得學校將變得跟天堂一樣。

如果以為留級之後就得忍受周遭蔑視的眼光，那你就太膚淺了！

只要留級之後反而成為班上第一名就沒事。因為沒有人會小看班上第一名。

好成績其實很容易取得，只要喜歡上該科目就好了。然後為了喜好就能取得好分數。

反之亦然，會形成惡性循環。因為考不好而討厭該科目，因為討厭更加考不好。為了打破這種惡性循環，起死回生的反擊就是留級。且重複大喊一聲「留級就是反擊」後擲筆而去。

■啊！真是丟臉

人生難免有些丟臉的時刻。

小學時，有一次忘了上什麼課，老師開始教起正確的刷牙方法。

「你們每天早上起床後都有刷牙嗎？」

「有，我有刷牙。」

「很好。那你們告訴老師平常是怎麼刷牙的。怎樣才是正確的刷牙方法呢？」

「老師！」

立刻就有人舉起手來。大概是覺得這傢伙的回答很丟臉，另外一個傢伙立刻搶著回答：

「我知道！就是努力刷牙。」

有關丟臉的回憶，我想起作家大江健三郎從德川夢聲先生那裡聽來的故事。當時夢聲先生在火車的餐廳上對健三郎說：

「大江先生，今天我要跟你說一個有關勇氣的故事。這個世界上，有些人真的很有勇氣。有一次在餐車上用餐時，一位中年紳士在我對面的位子上坐了下來。我特別留意他會點什麼來吃，結果紳士點的是玉米脆片。首先送上來一盤好像乾枯樹葉的玉米脆片，紳士立刻開始喀嗞喀嗞地嚼食起那盤枯葉狀的東西。然後就在紳士吃完整盤枯葉時，服務生才將牛奶和砂糖送上桌來。紳士稍微看了一下牛奶和砂糖，終於下定決心將牛奶倒進盤子裡，加了四、五匙的砂糖後，捧起盤子咕嚕咕嚕地將牛奶喝得一乾二淨。大江先生呀，這個世界上，有些人真的很有勇氣。」

最近發生了這麼一件事。

請試想一下某個新劇劇團要招收研究生。大批年輕人前去應徵，舉行了一場考試。也就是依序進行簡單的筆試、朗讀、默劇演技、口試。

丟臉事件發生在考默劇演技時。

當天考的默劇內容很簡單。考題是一個男人疲憊地回到住處，打開門走進屋裡，房間裡很暗，男人摸索著找到開關打開電燈。大概就是這樣的劇情。

其實這個考題相當困難。首先從踏出第一步起就要讓人有疲倦的感覺。同時還要表現出回到家的安心感吧。接著是開門。從口袋裡拿出虛擬的鑰匙，插進虛擬的鑰匙孔，打開虛擬的鎖，轉動虛擬的門把，推開虛擬的門。考驗著表演者能否表現出每一個虛擬物體的真實觸感。

然後是走進室內。凝視著虛擬的黑暗，這很困難。還有按下虛擬開關點亮燈光的瞬間，之前看不到的室內光景頓時浮現在燈光下，這些只能透過眼睛的表情完整呈現出來。

如此困難的題目，居然有人用「比手畫腳」的方式表演。用的就是NHK家庭益智遊戲節目《比手畫腳》的猜謎方式。

也就是「有個男人——（做出打領帶的動作）在外面——工作——很累地——回到家——然後換個場景——」

所有考官都瞠目結舌地看著他在台上比手畫腳，直到結束前都說不出話來。

最後要補充一個我少年時代的丟臉往事。

有一天老師提到一種十分珍貴的蝴蝶。

說是那種蝴蝶還沒有被發現，但理論上是存在的。要是有人能找到那種蝴蝶，其學問上的價值將無可限量。而且還能贏得龐大的獎金和諾貝爾獎。

我和好友兩人聽了十分興奮，就怕被別人拔得頭籌地趕緊衝回家，關在房間裡不讓別人偷看到我們——哈，你猜我們在做什麼？——我們居然開始很專心地在查閱昆蟲圖鑑。

啊，真是丟臉呀！真是丟臉！

■電器瘋子們

我有個朋友最近買了一套壯觀的立體音響。從別的朋友口中得知是美國品牌的機器，整套買下來至少要五十萬日圓。

「話又說回來，五十萬日圓的價錢實在有點半吊子。跟買十五萬日圓的音響又有什麼差別呢？就算多少有些差別好了，那傢伙的聽力有那麼敏銳嗎？既然那麼有錢，就應該先將擺音響的房間給重新裝潢才對。我總覺得那傢伙應該什麼都不懂吧。」

我對音響一竅不通，但是很愛音樂。所以前去聆聽這要價五十萬日圓的音響時著實很生氣。

朋友神情雀躍地先是拿出了莫札特的弦樂四重奏唱片放給我聽。到此為止還好，怎知唱片還轉不到二十圈，他就迫不及待地說：

「對了，這首樂曲也很不錯，你聽聽看。」

同時改放約翰・柯川（John Coltrane）的薩克斯風演奏唱片。正當我好整以暇進入聆聽柯川的態勢時，一首歌曲都還沒有播完，他又說來聽蕭邦一下、來聽史坦・蓋茲（Stan Getz）一下、來聽男中音費雪迪斯考（Fischer-Dieskau）一下、來聽聽瑪莉亞・卡薩雷斯（María Casares）的詩歌朗誦。啊，對了！你有在彈吉他吧？那就也來一點佛朗明哥吧。而且從頭到尾都是他一個人喋喋不休說話，又是動態範圍（dynamic range）如何、又是音頻如何、又是波形資訊或高諧波問題如何調整等等，實在是煩透了。

好萊塢有個縮寫為H・W的知名製作人，據說他家牆上陳列了畢卡索、羅德列克、雷諾瓦等名家真跡，不過這種事情知不知道都無所謂。而是聽說在畢卡索和羅德列克之間的牆上掛滿了巴黎蒙馬特一帶路邊販售給觀光客的劣質畫作。

我聽著朋友家的立體音響心中想起了另一件往事。我曾經去某個社長家玩，他家客廳裡擺了一台豪華音響。基於好奇心，我打開了櫥櫃一看發現裡面只有兩張唱片。一張是單曲小唱片《松木小曲》；另一張是《家庭音樂會》，曲目有給愛麗絲、少女的祈禱、流浪者之歌、G弦上的詠嘆調、聖母頌、兒時情景等小品名曲。

我反而覺得這樣還比較好，因為可愛多了。

我不高興的情緒已越來越明顯。沒錯，因為我認為音響裝置跟音樂的本質毫無關係。欣賞音樂最需要的是一顆謙虛順服的心、一顆追求美麗與單純的心、一種發自靈魂深處想要被音樂撫慰的願望，音質好壞根本是枝微末節。

固然音質好是好事，但我要說的是耽溺其中便是不幸的開始。所謂的音響迷，百分之九十九都是耽溺於音質的傢伙。能否聽得見多少以上的音頻，這種事根本無關緊要吧。我不認為他們是音樂愛好者，那些傢伙不過是一群電器瘋子！

我猜想那些唱片迷、音響迷，會不會是喜愛音樂的人試圖以成為播音設備迷來解除自己看不懂樂譜，也不會彈奏樂器的自卑感呢？

如果是的話，未免也太空虛了。因為原音重現是不可能的事。

與其如此，何不敞開心胸開始學習樂器呢？反正又不是當職業好手，從現在開始學習一點也不會太遲的。彈奏樂器是很快樂的事。樂器絕對不會背叛人，是你終生的好夥伴。而且彈奏樂器就是透過樂譜直接和巴哈、莫札特成為朋友。不信你可以去問彈奏樂器的人們，他們肯定毫無例外地都會這麼說吧：

「我對於唱片是否有磨損、錄音品質好與壞，其實不太在意。因為是伴隨著想像一起聆聽的，任何東西都能樂在其中。」

音樂並非為耳朵或鼓膜而創作出來的。請再一次回想：音樂是為心靈而創作的！

■討厭電視

有個知名的偵探叫做尼洛．沃爾夫（Nero Wolfe），一天只看一分鐘的電視。在一分鐘之間不停地切換電視頻道，一分鐘到了以後便很滿足地關掉電視。

作曲家武滿徹喜歡在夜深人靜時才看電視。一般都是半夜兩、三點開始的，武滿徹表示這個時間帶的電視最有意思。你可別質疑那種時間帶還有節目嗎？

「白色畫面上不是會有掃描線跑來跑去嗎？我就是盯著那個看，有趣得不得了。畫面有時會突然變成粉紅色，一下子又帶點藍色，接著有許多白點到處閃爍，真可謂千變萬化，簡直就像盯著萬花筒看一樣。電視最讓我喜歡的就是這一點。」他說。

另外有個朋友則是十分討厭電視。厭惡至極到跑去買一台高級電視機。只說到這裡大家肯定無法理解。他在電視機上放了兩、三枝紅色鉛筆。這種鉛筆是專門用來寫在玻璃、金屬和底片上的「Dermatograph」色筆。他用這種鉛筆將電視機當成黑板使用。不信可以去他家看看。電視螢幕上滿滿寫著：

「肉店賒帳一千三百。回電給大久保。每日新聞報社、三張半、截稿日三月二十五日……」

我還聽說有個男人厭惡電視機到將裡面的機械全部拆光，然後在螢幕前面裝上玻璃用來養鳥。

我自覺喜愛電視台的工作絕對不落人後，但要問我喜不喜歡看電視節目就有些困惑了。

基本上我很少看電視。平常看的多半都是舞台劇的轉播。對我而言，電視不過就是運動賽事、歌舞伎、舞台劇、音樂會的轉播裝置而已。以分量來說，一個禮拜頂多看個三小時吧。

池田節先生在近著《學生我思》中闡釋「sense of proportion」一詞。sense of proportion的日文翻譯為平衡感。也就是一種均衡的感覺。至於是什麼東西的均衡呢？比方說事物的輕重關係或是所花的時間和付出的努力等兩者之間的比例。

舉個身邊的例子吧，假設你是個懷抱某種理想的青年，應該不可能一天之中花在看電視的時間比讀書要長吧。從兩者之間的平衡感來說，讀書和看電視的時間比例應是五比一比較適當吧——大致是這樣的用法。

高中棒球大賽著實讓我討厭到想吐，因為高中的棒球選手們長得都一副蠢樣。應該說那種學生每個班級肯定都有，盡可能避人耳目地坐在教室最後面。考試當然得靠作弊，上課時被老師問到「Thank you very much的much是副詞還是形容詞呢？坐在最後面的同學回答！」這麼簡單的問題也會露出「老師真可惡」的憎恨表情呆立在位子上。連這種問題也回答不出來就證明了是草包一個，居然也能混到高中三年級，簡直是神祕的天方夜譚！而這種人大多隸屬於運動社團。這群班上多一個都嫌礙眼的「純真」「小球將」們，跟來自全國宛如蝗蟲聚集的球隊為了爭奪「光榮優勝旗幟」，燃起「熱烈的戰火」，靠著「鬥志和毅力」，一路「奮戰」，最後在「延長十一局後，飲恨落敗」，整個過程愚蠢得讓我渾身起雞皮疙瘩。根據我的經驗，不會讀書的傢伙多半都很狡猾。高中棒球有哪一點純真了！

也就是說，我要再強調一次：欠缺sense of proportion就是如此的悲慘與醜陋。就我的sense of proportion而言，看電視的時間超過讀書時間是絕對無法容忍的事情。兩者之間的健全比例為五比一，成天坐在電視機前度日顯然是瘋子或白痴才有的舉動！

文字的效用在於培養將事物抽象化的能力，喪失這種能力的人，說話總是不得要領沒有重點。比方說：

「那傢伙可以嘛。」

「怎麼說？」

「就長得挺帥的嘛。」

擁有以上這種頭腦構造的人們（感覺最近這種年輕人有增加的趨勢）。如果電視台的工作是製作阿諛奉承這些人的節目，那我寧可電視產業早點落幕的好。

對於一個喜愛電視台工作的人來說，真正值得高興的並非看電視的觀眾變多，而是一旦認為節目無聊便能毫不客氣地關掉電視的人增加了。畢竟開關就是為了那麼做而存在的。

■別人的臉

剛理完髮的男人，彷彿惹人哀憐的存在。耳朵上方和脖子一帶的頭皮泛青得厲害，被修剪得乾淨齊整，怎麼看都是在理髮師的美學意識和詮釋下，充滿理髮師品味的作品。如果要為此一作品命名，應該稱之為「理髮師的滿足」吧。

在我印象中，理髮店實在可以和鞋店、裁縫店並列為三大頑固店家。或許並非真的生性頑固，但他們從來不會照客人的指示辦事，我也只能解釋成他們不過是不肯妥協自己的主張、堅持自我的立場罷了。

一開始我們的要求就和理髮師的美學意識相互悖離。我們坐在理髮廳的椅子上，心裡想的是：頭髮剪成自然的蛋形，耳朵周遭和脖子一帶當然也剪得自然些。對了，就是不要「一看就是剛從理髮廳走出來」的那種，明明交代「剪成就像是去理髮廳後一個禮拜，頭髮稍微長長的樣子」，但理髮師就是不會照辦。

至於為何說是「理髮師的滿足」呢？從電動髮剪用力推進耳朵周遭、脖子一帶的皮膚開始，能否好好「打薄」上方叢生的頭髮？才是讓理髮師感到心滿意足之處，他才不管跟客人的臉形搭配與否。

天啊！從鬢角經由耳朵周遭到脖子一帶，沿著輪廓剃得一乾二淨的正經八百模樣是怎麼回事？要是一個沒留神，只怕不分青紅皂白連眉毛也給剃個精光，就跟作家山口瞳形容「那張臉就像摘下面罩的嵐寬壽郎[1]」一樣。好險！差點成了鞍馬天狗。

---

[1] 嵐寬壽郎：一九〇二—一九八〇，電影明星。代表作為《鞍馬天狗》系列之武俠片。鞍馬天狗標準裝扮就是一身黑衣黑帽，並戴上面罩。

到底理髮師這種短視的傾向是因何而起的呢？我猜想日本的理髮技術是明治時代文明開化的產物。一如「西洋剃頭所」「英法剪髮所」等名稱所示，完全是照著西洋人的髮型有樣學樣而來的。

問題是此時出現了一個不便之處。也就是說，西方人後腦杓的頭髮於連結兩側耳孔的高度處呈一直線已戛然而止。相對下日本人的髮腳較長，比西方人要長個三、四公分。如何處理這多出來的頭髮才能貼近西方人的髮型呢？這下可麻煩了。想來結論應該就是整個往上剃掉吧。

如今回想，我小時候看好萊塢電影覺得神祕的是，為何那些演員都沒人剃日式髮型？他們的頭髮總是自然呈波浪狀，雖然蜷縮卻能完整包覆形狀美好的頭蓋骨。至於耳朵後面和脖子一帶，可能就是微微向內捲起來吧。沒有人會露出剃得泛青的頭皮。而且一點也不會給人悶熱不透氣的感覺。

當時覺得真是不可思議，直到發現原因竟是日本人的髮腳比較長時不免有些落寞。同時也對想要模仿西方人的短髮腳而將髮腳往上剃的日本人感到悲哀。類似理髮技術以變異型態引進日本的西方文明，恐怕還有不少吧？

之後十多年來，我不再上理髮廳。近年來年輕人日趨女性化，習慣自己拿起吹風機整理頭髮。照理說可以隨心所欲整理出理想中的自然髮型，但我一看到那些惺惺作態的傢伙就鬧彆扭，不禁說出了以下的違心之論。

「拜託，頭髮就該交給理髮師處理。到了理髮廳一坐上椅子就不能再看鏡子了。像個大男人一樣，鼾聲大作地放心睡吧。等到醒來時會發現鏡子裡出現的是一張別人的臉。這時要強忍住那種無奈的感受。你說這難道不是上理髮廳的奧妙處嗎？」

■男歡女愛

說到法國人，總是擅長將非常實用的東西穿搭得很有品味（請注意這裡的品味發音是「chic」而不是生病的「sick」）。有品味的衣服就不用說了，然而最能展現他們的本領是實用的衣物也能穿出味道。

看來「品味」算是法國人的第二天性。法國並不存在類似德國那種只看中實用性的東西。任何東西到他們手上總要花點工夫變得漂亮後才肯罷休。

一旦經過法國人的巧手，所有東西都逐漸變得溫婉圓潤。厚重有力的感覺縮小，開始呈現出甜美輕柔的表情。要說有些甜膩還真的很甜膩，要說缺乏男子氣概也真的少了陽剛味。至於說是小資產階級風情呢，似乎也沒有那麼小家子氣。但這就是巴黎，這就是法國人，你也莫可奈何。

看來我說得有點抽象，讓人丈二金剛摸不著頭緒。那就以男人的外套為例吧，要說最具法國風情的外套非短外套莫屬吧。是用輕量的喀什米爾羊毛、麂皮等材質裁製成寬肩、長度較短的外套。不管是巴黎的年輕人還是閒坐在鄉下咖啡廳的老爹都很愛用。有的腰間配置了腰帶，但沒有使用金屬配件，而是跟外套同一材質的腰帶。將腰帶用力纏在腰間後稍微往旁邊一靠打個單結即可（就是簡單綁一下）。

這種裝扮實在甜美、軟弱得可以，可是基於法國人的「品味」非得這麼穿才行，只好有樣學樣。女人也常穿短外套，這時她們的下半身可搭配裙子或是窄褲。因為也算是增加一種實用性，要說很賊也真是賊得可以！看完法國電影《男歡女愛》（Un homme et une femme），我不禁如是想。

■風流紳士

三年前巴黎突然開始吹起了「香奈兒穿搭風」，一時之間蔚為流行。

說是風靡一世，畢竟源自於巴黎。但在日本看到粉領族們競相穿著廉價縫製、做工粗糙，說穿了就是「仿香奈兒穿搭風」的成衣滿街跑，那種可悲的現象應該也很難視為風尚吧。

也就是說，從豪華轎車走下來的女人或是在高級餐廳、俱樂部看得到女人們競相穿上香奈兒的服飾。包含了香奈兒套裝、香奈兒外套、香奈兒手提包、香奈兒絲巾、香奈兒金飾等重金打造的時尚。巴黎仕女那種渾身上下都是高級真貨的裝扮，即便說是流行，看起來卻像是顯現出貧賤的真實內在，簡直慘不忍睹（讀者諸君，以此為戒呀）。

話又說回來。自此香奈兒穿搭風以來，巴黎似乎也沒有劃時代的新流行。街頭看到的時尚，感覺好像越來越鬆散。人們的穿著顯得有些半吊子。這是最近從巴黎回來的朋友告訴我的感想。

有部獨立製片的電影叫做《風流紳士》（What's New, Pussycat?），不妨將其中香奈兒服飾和迷你裙等兩種不同風格的美麗穿搭視為該電影的賣點之一。

其中香奈兒代表的羅美・雪妮黛（Romy Schneider），我覺得她的服裝品味很好，看不出來是奧地利人。我最早是在電影《三豔嬉春》（Boccaccio '70）中看到她穿香奈兒，心想真是太棒了！原來香奈兒穿起來這麼好看。原來女人穿上好看的衣服竟是如此賞心悅目。我不禁深受感動與恍然大悟。

從此她似乎只穿香奈兒。她在這部電影中經常穿著香奈兒服飾，也都駕馭得得意自如。

■諜海密碼戰

女鞋的流行是由巴黎的「佐登」（Charles Jourdan）鞋店帶動的。

根據我模糊的記憶，查爾斯・佐登應該是從迪奧時裝獨立出來的天才女鞋設計師。

現在日本流行的低跟非尖頭鞋也是佐登兩年前發表的作品。光是看到那雙鞋就能知道佐登對女性時尚的流行擁有多大的影響力吧。

比方說知名的迷你裙。過去穿時都會搭配尖頭高跟鞋，但是迷你裙直到腳上的佐登矮跟鞋到齊後才算有了完結篇。

如今這麼方便的社會，實在很難相信女鞋的流行為何延遲了兩年才來到日本？我想是因為日本人對於鞋子的意識度不高所致。對於服裝設計相當神經質的人，居然對於鞋子抱著可有可無的態度，就像在路邊買熟食小菜一樣隨便挑選即可。

說來真是奇怪，明明很仔細地翻閱法國時尚雜誌，偏偏就是無法將鞋子和時尚連結在一起。假設你是巴黎模特兒穿上最新時裝準備拍照時，你會像平常一樣從鞋櫃裡拿出去年年底在新宿買的鞋子套上嗎？應該不會吧。

所以就跟重視服裝的設計一樣，同樣也該關心一下鞋子的設計、手提包的設計和手套的設計吧。

時尚雜誌的前半本通常都是廣告吧。其中知名品牌全員到齊。有迪奧、皮爾・卡登、聖羅蘭、還有佐登、愛馬仕。要想追上流行就從這裡追起。

最近電影《諜海密碼戰》（Arabesque）即將上映，裡面有很多迪奧的時裝和鞋子，值得仔細觀賞。

■正統戀愛論

我一向不太會生氣，但是看到那情景時卻動怒了。而且是怒火攻心。在地鐵裡一不小心瞄到了女學生水手制服的胸口露出粉紅色的襯衣。說是粉紅色其實更像是草莓色，不對，應該是有段期間被稱為性感粉紅色的桃紅色才對。

實在是太不端莊了！

反過來說，一個很會打扮也充滿魅力的女性要是穿著白色尼龍、沒有任何蕾絲的襯衣、內褲和棉質胸罩，那會有多麼無趣和掃興呢——或許有人會不以為然地嘰嘴，那我就要反問你恐怕是沒看過真的很漂亮的內衣？

就算是美女到了一定年紀，最好也不要偷偷穿上會遮住肚臍的白色尼龍內褲。看過法國Lou公司推出的三件式蕾絲內衣嗎？淡灰色和淡粉紅色的蕾絲交織而成的比基尼式內褲、胸罩和成套的緊身內衣，美得如夢似幻。銀座附近買得到，但一套要價上萬日圓就是了。不過比起不管用的新娘學習課程或是有添購嫁妝的閒錢，還不如買這種東西有用些，這是男人的心聲。

且從內衣的觀點來看電影《關於愛情》（De l'amour）吧。電影中出現了讓人愛恨交織的內衣。比方說，愛爾莎・瑪蒂妮利（Elsa Martinelli）一脫下毛線織的洋裝後，裡面穿著珍珠色的絲質內衣。還有喬安娜・希姆卡斯（Joanna Shimkus）脫下香奈兒套裝後，胸前穿著有著白色蕾絲的可愛胸罩。

總之內衣這種東西最好能用奢侈品。最好帶有高雅的品味。最好展現出可愛的性感。我認為穿著美麗內衣的女性，會給人耳目一新的優雅高貴感。

■拒吃西餐廳的青菜沙拉

我從來沒在日本的西餐廳吃到美味可口的青菜沙拉。要說哪裡出了問題？從頭到尾都不太對勁。尤其糟糕的是廚師根本不懂得真正的沙拉是什麼。

所謂的沙拉，首先非得是自然野趣的食材才行。大口吃下的應是充分享受過日曬、剛從菜園摘回來的青菜。這就是沙拉的根本精神。

日本的沙拉欠缺這種根本精神。從沙拉中完全感受不到太陽、田野、自然、泥土的氣息。提出「這是沙拉？」的質疑時，得到的回覆卻是：「這是用義大利風味調製的綜合綠色蔬菜。」

一群裝模作樣的白痴！（基本上刻意冠上義大利風味的菜色沒有一樣上得了檯面！）

「那我要綠色沙拉。」換菜色後，端上來是幾片萵苣葉。根據我的看法，那種東西不能叫做萵苣，而是一種人造蔬菜。不就是毫無個性、吃起來索然無味的葉子嗎？口感濕爛、顏色慘白、平淡無味也缺乏香氣。

真正的萵苣非得是綠色的才好吃。所謂的綠色蔬菜肯定具備了特有的微苦、辛辣、淡淡的澀味和些微的清香，所以沙拉才能成為一道生動的食物。醬汁也必須是現做的。

那種慘白的人造萵苣葉搭配罐頭蘆筍，再淋上瓶裝美乃滋醬。居然把這樣的東西叫做沙拉，真叫人不敢恭維！

光生氣也無濟於事，以下介紹正統沙拉的實例。

■正統沙拉

實例之一是水芹沙拉。水芹長在水邊或濕地，是一種味道微苦的草本植物。日文名稱是水葛。總之就是跟著牛排一起上的配菜，一種有著粗莖和圓形小葉片的綠色植物。

我們將只用水芹做成一道沙拉，地道的歐式風味。有關醬汁的詳細作法之後會再說明。首先將橄欖油加入檸檬和醋後稍加攪拌，接著在製作過程中依序加入少許的大蒜、胡椒、芥末粉、鹽巴。製作水芹沙拉時可加入一點點的砂糖提味，效果絕佳。

同樣方法也能製作小黃瓜沙拉、番茄沙拉。要注意的是小黃瓜不能切太薄，容易出水影響口感。番茄則是大致切塊即可。醬汁可加入大量切碎的荷蘭芹。現磨的黑胡椒也可盡量撒下去。

喜歡食材豐富的人適合吃Salade Niçoise，亦即尼斯風味的沙拉。這真是琳琅滿目、色彩繽紛的沙拉，首先有綠萵苣、小黃瓜、番茄、西洋芹、洋蔥、紅蕪菁等蔬菜，再加上罐頭鮪魚、少許的鯷魚和切片的水煮蛋，最後撒上黑橄欖。

這是一道家鄉菜，也就是鄉下人家的豐盛菜餚，所以水煮蛋切片不用裝飾得太漂亮。擺盤時刻意將萵苣葉墊在下面的附庸風雅做法則是愚蠢至極。只需要拿一個大缽，直接在裡面調製醬汁後將上述食材全部放進去攪拌即可（切記醬汁不是用淋的，而是先在沙拉缽中調製好）。最後連缽一起放在餐桌正中央。一定要遵守此一精神製作這道料理。

■最佳醬汁

市面上有賣瓶裝的沙拉醬汁。法國人知道了肯定會勃然大怒吧。因為一個人製作沙拉時如果沒有親自調製醬汁，那他豈不是什麼都沒做嗎？做人怎麼可以那麼懶惰呢？

日本人一向不擅長做西方料理。也許某種程度要歸咎於賣現成醬料和美乃滋的廠商。堪稱是一道菜色滋味重點的醬料、美乃滋或醬汁等全使用現成的市售品，這樣怎麼可能把菜做好呢？

所謂的醬汁，依我看就等於是廚師個性的展現。使用現成醬汁的人，其本身也成了現成的市售品。

我懷疑日本人似乎有點小看了醬汁？拿起醋、油和胡椒鹽，隨便三兩下就做了出來。要知道那只是初步中的初步，充滿了原始性。

基本上使用醋就有問題，我認為還是用檸檬比較好。以檸檬為主，再加點醋提味。至於胡椒，也應該使用胡椒粒當場現磨而非使用胡椒粉，兩者風味不同。加進大蒜也是很重要的步驟，有的人喜歡磨成蒜泥，但最好吃的作法是將大蒜丟進缽中用湯匙壓碎。這才是正統作法。

加進少許的芥末粉後拌勻，這個步驟也很重要。然後放進少量的砂糖，這個小動作將改變整個味道的深度。尤其是在製作味道略苦的水芹沙拉時，砂糖絕對不可少。既然要製作蔬菜沙拉，至少得留意以上各項步驟。

蔬菜的水分得充分瀝乾。醬汁等要吃之前才動手做。千萬不要將做好的沙拉裝保鮮袋中放進冰箱冷藏，那麼做不管是對吃的人還是蔬菜都是一種侮辱！

■敞開的窗戶

法國有一個關於美乃滋的習俗，很有名也很嚴格。

說是女人懷孕時或是月事來時不可以動手做美乃滋。還有也不可以在門窗緊閉的悶熱房間裡做。

換種說法，就是不能在心情焦躁時做。必須心平氣和，將房間裡的窗戶敞開，置身在涼風吹拂的通風空間裡做，這就是製作美乃滋的祕訣。

這一點是某位天生就很會做法國菜的英國人教我的。看到我在門窗緊閉的廚房裡和永遠也凝固不了的美乃滋奮戰時，他一邊幫忙打開門窗一邊告訴我此一祕訣。

嚴格說來，或許是因為蛋黃必須保持溫度是冷的關係吧。總之在涼風吹拂下，難以置信地的是漂亮的美乃滋就這麼輕輕鬆鬆完成了。

去朋友家玩時，他太太切了小黃瓜、萵苣，擠上管狀的美乃滋醬就送上餐桌。感覺真是落寞呀！自己一點工夫也沒花，做出來的也稱不上是一道菜色。不禁要問男人為何要結婚？據說是為了上床和吃飯。也就是說，料理不是應該也占了結婚生活的百分之五十嗎？人世間的太太們呀，如果妳們不能對煮飯做菜多點熱情，身為丈夫的男人們將情何以堪呢？

話又說回來，自己動手做的美乃滋絕對會好吃得沒話說。管狀的美乃滋、瓶裝的沙拉醬汁等根本不是對手。

近來社會上的女性熱衷於追求如何節省工夫。已不再敦親睦鄰高唱「隔著籬笆，互相教煮飯[1]」。真不知道妳們打算將使用即時料理包省下來的時間拿去做什麼？要是忘了結婚的初衷可就傷腦筋了。

---

[1] 此一歌詞出自日本戰後推廣鄰里互助組織的宣傳歌曲。

■不懂

有的人不管吃什麼都非得淋上醬汁才肯罷休。

這傢伙在員工餐廳吃五十日圓的咖哩飯。只見不知從哪裡掏出來醬料瓶就開始往黃色咖哩上拚命倒。

這其實還滿可愛的，我不免受到吸引，也想如法炮製一番。

但若是同一個人假設已位居經理階級，接待客戶到法國餐廳用餐。他點了牛排送來後，竟抱怨：

「喂！醬汁未免太少了吧。」

豈不讓人尷尬？看在旁人眼中反而覺得丟臉丟到家了。

畢竟醬料又不是什麼高級食物。

有一次我到裏日本繞了一圈。當然從早晚都是鮮魚料理。我自認為愛吃魚不落人後，但連吃一個月後不得不吐苦水。好歹改成炸的做法也能解膩！

結果令人詫異的是，跟天婦羅一起送上桌的竟是伍斯特醬，沒有附上蘿蔔泥和柴魚高湯醬汁，就連醬油也沒有。而是市售的伍斯特醬。看來這家民宿一定是把天婦羅當成西餐看待。也就是說，之所以上伍士特醬，乃是因為鄉下的西餐就是那種水平而已。

順帶一提的是，有的人習慣什麼菜都加味素。這也讓人無法認同。到豬排店吃飯，說聲「給我味精」就直接撒在味噌湯中。如此作為分明是在羞辱廚師嘛！

有些廚師也有責任，居然餐廳提供的醬菜上面撒了白色的味素。有的家庭主婦則是先在碗底撒上味精後再盛入味噌湯。真不知道他們心裡在想什麼？我實在是不懂。

■每天早上的例行公事

有件事我很想對普天下的太太們說，妳們煮飯做菜時是否忘了一個最重要的收尾動作呢？所謂的收尾動作就是盛盤、選用餐具，亦即餐桌上的布置。要知道一頓飯會因為演出的好壞，讓十分變成一百分，或是讓一百分降低為十分。

例如最粗枝大葉的演出之一就是早餐。最近大多數的家庭早上都吃麵包。麵包需要塗抹奶油，可是裝奶油的容器總是顯得有些骯髒。我不是說要像飯店的早餐一樣，將切成小塊的奶油放在裝了冰塊的銀器裏送上餐桌，但至少也該花些功夫，不要使用會讓奶油看起來有些骯髒的餐具吧。難道家裡沒有黃色的厚陶碟子嗎？

還有果醬也是。用開罐器打開罐裝果醬後就直接放在餐桌上，這樣未免也太隨便馬虎了吧！

還有兌紅茶喝的鮮奶，通常也都是連罐子一起上桌。打開蓋子直接倒進杯子裡，總是會有一些牛奶潑灑到桌子上。昨天的牛奶漬已經乾涸，今天又覆蓋上新的牛奶漬。那種骯髒的感覺完全破壞了早餐清新舒爽的氣氛。

裝砂糖的容器也是情何以堪。由於和廚房是共用的，所以裝在透明塑膠盒中，上面的紅色盒蓋多半已破了。用放在裡面的粉紅色湯匙舀砂糖放進紅茶時，也順便攪動了一下紅茶，以至於上面黏著一層厚厚的砂糖粒。

還有烤麵包機看起來也不太乾淨。雖然烤麵包機的形狀本來就不太便於清洗乾淨，但隨時保持整潔不就是主婦應該做的事嗎？

或許妳們會說每天早上都要做這些，也太麻煩了吧。正因為是每天早上都要做的事更顯得重要。

少了演出效果的並非只限於早餐。比方說老公從橫濱買了燒賣回家。晚餐吃燒賣時乾脆連同買來的紙盒一起端上桌的，實在讓人不敢恭維。

好歹先蒸熱一下，用個大盤子盛出來更能襯托出燒賣的美味，如此花一點心思也不肯做。

客人帶來的西點連同紙盒一起拿出來招待對方。收到的綜合滷菜禮盒，每頓飯都連同包裝盒一起上桌。開罐器打開的福神醬菜罐頭直接擺在餐桌上讓大家取用。市場賣的生魚片會裝在木片做的船形容器裡，買回家後乾脆就將船形容器放上餐桌。身為主婦對於以上種種行為難道都不覺得可恥嗎？

因為家庭吃的不是十分講究的料理，因此要想讓家人覺得好吃，端賴演出的用心與否。

不是說要在餐具上花大錢，但至少請不要拿杯子或吃完的美乃滋空瓶裝大家要用的筷子。畢竟久了瓶身也會變得骯髒，光是那樣已足以讓人食慾大減。

還有老公夜裡遲歸。他的一人分晚餐蓋上防蠅罩擺在矮桌上，那光景著實淒清。拜託請不要這麼做！家裡的飯菜就應該是在廚房做好，並從廚房裡端出來的才對吧。希望妳們能回心轉意，想想冷掉的飯菜放在防蠅罩裏，豈是主婦的尊嚴所能容忍的事呢？

還是妳們堅持今天的晚餐就吃市場買來的炸竹筴魚和通心粉沙拉，那我也就無話可說了。

■嘴唇的觸感

刀叉應該花大錢買最好的。倒不是因為價格昂貴，而是因為味道會比較好。的確叉子相當有損於食物的味道。四根尖刺觸碰到嘴唇和舌頭的感覺也不太好；尤其是銀製的，大概是生鏽的關係吧，舌頭會有種特殊的刺激感，吃起來的味道也不好。

不只是叉子，湯匙也是一樣。將湯匙從縮起來的嘴唇裡抽出來時，觸碰到下嘴唇那種奇妙的圓弧感和湯匙兩側陷進上嘴唇的壓迫感很不協調，很難用言語說明清楚。

而我最討厭的是那種底部平坦、表面粗糙，專門用來壓碎草莓的湯匙。我覺得用那種湯匙吃水果雞尾酒時的觸感就跟用嘴唇盲測麻將一餅牌很像。

吸管這東西我也不是很喜歡。沒見過有什麼飲料用吸管喝會比較好喝。尤其是那種塑膠製的吸管，又白又滑，用嘴唇啣著還有股莫名其妙的彈性。

另外就是那種附在某某提神劑、能量飲料上的極細吸管。簡直不可原諒！要是那種東西被當成文化看待，我絕對會很困擾。

最高級的用餐工具還是非筷子莫屬，而且是杉木筷。

象牙筷觸碰到牙齒的觸感太堅硬，漆器筷光滑的表面十分無趣。塑膠筷兼具象牙筷和漆器筷兩者的缺點，不在討論之列。所以筷子還是以上等的杉木筷為最。

根據辻留師傅的看法，象牙筷倒是有一項好處。

「象牙筷的好處在於吃茶泡飯時，不是會發出聲音嗎？」

也就是說在撥動茶泡飯吸食時，筷子敲打在碗邊會發出清脆的聲響。他說的或許也很有道理。

基於參考我去了辻留師傅介紹的那家筷子店。

京都市中京區四条堺町市原箸店

據說這家店的「杉柾利休形割箸」是日本最好的免洗筷。

我們的嘴唇和舌頭在不知不覺中已品嘗過餐具的味道，即便是喝相同的啤酒，用啤酒杯喝和用薄玻璃杯喝，味道就是很不一樣。

也就是說，接觸嘴巴的杯緣厚度、該厚度的曲線或者說是弧度——所謂的厚度是指貼近嘴巴的部分呈現舒適的圓弧度——我覺得該弧度是決定食器口感的重要因素。

曲線較大者，也就是比較厚的和曲線較小的相比，大的在脫離嘴巴時更能留下餘韻。

例如喝味噌湯用的碗，就一定要是厚的碗才行。像是牛奶與其倒在薄玻璃杯中喝，不如直接就著瓶口喝才夠味。

至於說到喝酒，喝酒的場合則有點困難。有時心情想用大碗一口灌下才過癮；也有今天絕對只想小酌一番，非得用伊萬里的薄瓷酒盅方對味。

關於酒杯，順帶一提的是，家中來客舉行小宴時，若是大家都用同一種酒杯似嫌無趣，不夠風雅。我認為應該各自選用喜歡的杯子對飲才有把酒言歡的感覺。

喝啤酒也有分想用厚杯暢飲的豪邁心情和想用薄玻璃杯潤喉的不同場合，我通常偏好使用厚杯。

最後是一定得用薄杯的非雞尾酒杯莫屬吧。有道是人間事，造物主自有巧安排！雞尾酒冰涼鮮明的滋味自然不需要任何餘韻的補助。正好可透過薄薄的雞尾酒杯緣斷得乾淨俐落！

■溫熱餐盤

菜已經快要煮好了，趕緊按人數將需用的盤子放進烤箱加熱。將桌巾鋪上餐桌。排好刀叉、擺上餐巾——各位請就座吧——麵包、奶油、葡萄酒和酒杯也跟著上桌。轉身回廚房，從烤箱取出溫熱的盤子盛上菜餚。凡是在家做菜請過客的人應該都有過如此興奮雀躍的瞬間吧。

外國人在家做菜時的確會很仔細地將盤子給一一加熱過。基於熱菜理所當然得趁熱享用的理由，許多人從小耳濡目染學會事先溫熱餐盤是做菜程序的步驟之一。無意識間會在上菜前幾分鐘將盤子加熱。

根據我的經驗，日本的主婦在這方面通常比較馬虎。直接就拿冷的盤子盛裝熱的菜。我覺得這種做法很吃虧，大家不妨深思一下：只是溫熱餐盤如此簡單的動作就能為菜色增添豪華感，將留給用餐的人多麼美好的印象呢？

前往餐廳或飯店時，如今反而看到比起家裡有過之無不及的現象。比方說附有木墊的牛排鐵板盤。如果說目的是為了避免牛排太快冷掉，似乎也犯不著將鐵盤燒得那麼燙吧。端上桌的牛排準備入口時，只怕三分熟的肉也燙成五分熟了。

還有看到配菜的水芹被燙得烏黑萎縮成一團，心情當然很不好吧。水芹就是因為鮮綠色澤和清脆口感才被選為牛排的配菜。

某餐廳會為搭配的蔬菜淋上塔塔醬。問題是那種燒熱的鐵盤和鐵板燒具有相同的效果。當滋滋作響的聲音響起，我只能木然地看著服務生畢恭畢敬地為我淋上的塔塔醬瞬間變成了「大阪燒」。

■調酒師的情趣

日生劇場的地下室有間名為「Actress」的酒吧。這裡的調酒師是鈴木先生。他似乎十分傳統，據說在家裡有栽種薄荷。

「薄荷分黑白兩種。我覺得黑薄荷的香氣比較強烈比較好，所以我種的是黑薄荷。」

每到夏天，帝國飯店的酒吧就會推出薄荷茱莉普（Mint Julep）和種植者潘趣（Planter's Punch）等兩項招牌調酒讓客人享用。

兩者都需要用到薄荷葉，也都是適合婦女飲用、口味清爽的調酒。謠傳帝國飯店在屋頂栽種薄荷。

以前調酒師在自家栽種薄荷是很稀鬆平常的事。說是自家，或許不過就是在租屋處二樓窗戶的欄杆前放一個橘子木箱種植而已。但無論如何總是充滿情趣的做法。

然而到了最近，首先是客人連薄荷是什麼也不知道。某洋酒公司舉辦了雞尾酒調酒大賽。平常總是被要求調些威士忌加冰加水或調製高球（Highball）等簡單調酒，卻還是利用空檔努力研究各種新式雞尾酒的調酒師們從全國各地聚集來此一較高下。

獲得第一名的是來自東京的年輕調酒師。他以蘭姆酒為基底，創作出頗具特色的作

ダッグウッド・サンドウィッチの正しい持ち方

白大悟三明治的正確拿法

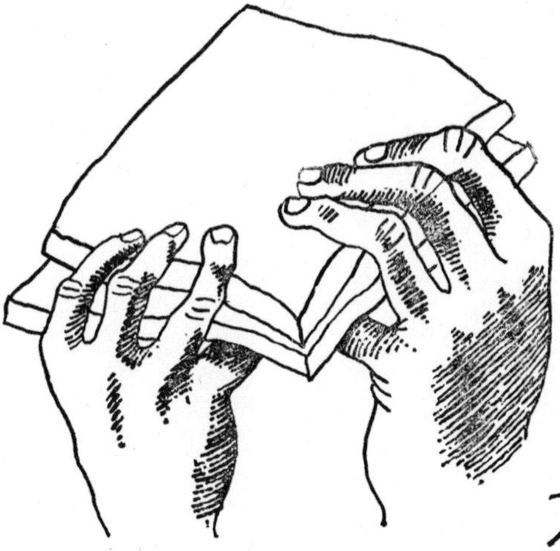

品，上面還插了薄荷葉。

評審中有一名以喜好洋酒而聞名的電影女明星，她一看到薄荷葉便問：「咦，為什麼這款雞尾酒要插上馬鈴薯的葉子呢？」

這是安藤先生告訴我的趣聞。

■白大悟的喜悅

我五、六歲時發明了一種食物。就是用沙拉菜做的三明治。從我家院子裡的小菜園摘下沙拉菜的葉片，夾在塗滿果醬的麵包裡一起吃下去。就是那麼簡單的東西，但不論我如何說明這種三明治有多好吃，大家還是一臉半信半疑地無法接受。身為小孩子的我純粹覺得沙拉菜和草莓果醬的組合是絕配，至今此一想法仍然沒變。

我和白大悟（Dagwood）一樣，喜歡在三明治裡夾各種東西。可能有人不認識白大悟，為謹慎起見，我所說的白大悟就是漫畫《白朗黛》（Blondie）[1]中的男主人白大悟，三更半夜穿著睡衣站在廚房裡看到有什麼食物就抓來包成類似手風琴的三明治。正當浮現滿臉笑容大口一咬下時，夾在裡面的口琴突然響了起來吵醒女主人白朗黛，於是被好好訓了一頓。因為戰後很流行這種風格的漫畫，從此夾了許多食材的特大號三明治便被稱為白大悟三明治。

吃膩了各種菜色，不知道該吃什麼好時，白大悟三明治就是最好的選擇。

將沙拉菜、小黃瓜、番茄、火腿片、軟嫩的炒蛋、油漬沙丁魚、奶油、果醬、美乃滋、芥末醬等各種食品在餐桌上一字排開，依序由左至右夾進麵包來吃。做出厚度至少有四、五公分的三明治，吃的時候不用在意吃相。這就是白大悟三明治的精髓所在。

不過火腿片、炒蛋的銷路比較好，一下子就會被吃光。這時請務必一試的是我五歲時發明的沙拉葉和草莓果醬的三明治。

■Harry's Bar

種類似白大悟三明治的還有一種俱樂部三明治。名稱源自於一九二〇年代美國的俱樂部賣給客人十足美國風情的大型三明治。使用的是普通的吐司麵包。用大型二字恐造成誤會。三明治稱之為大型，指的是厚度。少說也要有三到四層才行。裡面一定要有烤雞肉，而且四層厚的三明治可輕鬆夾進半隻春雞的烤雞肉。

當然不單只有雞肉，就跟白大悟三明治一樣也要有番茄、萵苣、水煮蛋等各種食材。嗯，要是裡面有煎過的培根片，一不小心咬住某一端時，因為培根是絕對咬不斷的，往往會把夾在裡面的食物都給拖出來散落一地。

由於俱樂部三明治不能直接用手拿起來吃，或許有人會使用刀叉。我若是住飯店只會透過客房服務享用這道食物。

那是多久以前的事呢？有一次在巴黎的飯店點了俱樂部三明治，送來的是兩片麵包之間夾了厚約兩本電話簿的各種食材。要想盡情享用這種東西哪裡還顧得了用餐禮儀呢！

使用刀叉吃俱樂部三明治就像是用筷子吃飯糰一樣，先咬一口上面的斑鯽，再吃一口下面的白飯，東西怎麼可能會好吃呢？所以只能窩在房間裡肆無忌憚地大吃特吃。

當然不是所有的三明治都這麼厚實。也有一些比較雅緻的俱樂部三明治，其中我認

---

❶ 一九三〇年代，美國報紙的連載四格漫畫。內容描寫白朗黛和白大悟夫妻一家的趣味日常故事。

為最高級的首推威尼斯的Harry's Bar。Harry's Bar是常出現在海明威小說中那種狹長的酒吧，除了吧檯外就只能擺上三張桌子。儘管店家推出的菜色極少，卻每一樣都美味可口。

Harry's Bar的俱樂部三明治有一點與眾不同，麵包切成了圓形。大概是考慮到一般三明治的角落總會有包不到食材的三角空間出現，切成圓形就能避免帶給客人如此的不快。設想得十分周到。

■巨大的野餐分量

第一次在法國鄉間吃三明治時十分驚訝。法國麵包與其說是麵包，幾乎等於一個大男人的手臂那麼粗。而且表皮又硬又脆，用力一咬，碎片彷彿會刺進嘴巴內壁。

將這種麵包橫切為二，在切面上塗抹奶油、鋪上莎樂美腸（Salami）薄片後蓋起來。當他們說這是三明治端上桌時，我真是嚇了一跳。因為完全感受不到食物惹人憐愛的氣息。

然而這種十足農民風味的食物卻好吃極了，豈不妙哉？主要是因為麵包好吃。那種若有似無的鹹味和法國麵包看起來很乾，實則保有相當濕度的特殊質感。相對於巨大的麵包——足足是三斤重的日本麵包，卻只搭配少量奶油和幾片莎樂美腸，竟變成推翻人類平衡感的三明治。

莎樂美腸之外，也可以改夾起司或是肝醬。不管是哪一種，我在此慎重宣布：都好吃得不得了！

到了坎城和尼斯，同樣的東西也有人夾尼斯風味沙拉。也是使用巨大麵包，通常是直徑約三十公分、一如圓形椅墊的麵包。水平切開麵包為二，鋪上大量的尼斯風味沙拉。這種三明治最適合當作遠足的便當。做好經過三十分鐘後，沙拉醬汁滲透進麵包裡，會讓麵包呈現出最佳的濕潤度。

在南法野餐時吃的午餐，肯定是尼斯風味沙拉三明治配玫瑰酒。一個人的分量是直徑三十公分的圓形椅墊一個和玫瑰酒一瓶。如此分量三兩下就能輕鬆解決，甚至還會覺

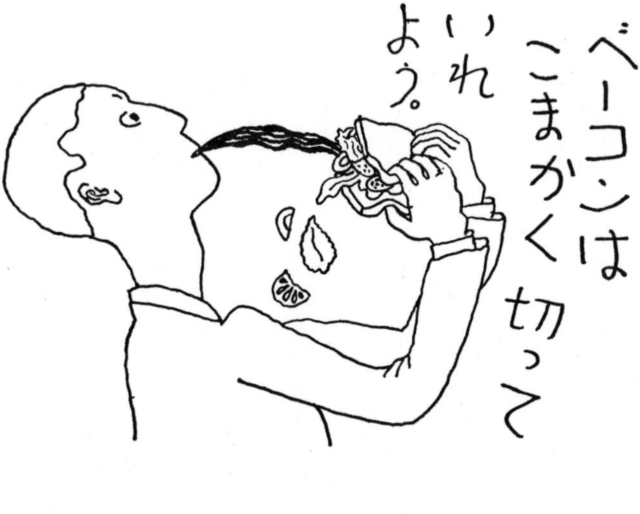

培根切碎後再夾進麵包裡

得不過是頓簡餐哩。

■小黃瓜三明治

奧斯卡・王爾德（Oscar Wilde）有個劇作名為《不可兒戲》（The Importance of Being Earnest）。該劇一開始便是從「Cucumber Sandwich」演起。Cucumber Sandwich即小黃瓜三明治，可說是英國上流階級典型的茶點。因此幕一升起時，舞台上的人物一邊喝著英式紅茶，一邊用完美的上流階級英語侃侃而談小黃瓜三明治的話題。讓觀眾瞬間就能知道：啊，此劇講的是上流階級的故事。

話說這種小黃瓜三明治實在是既小氣又很粗俗的食物，卻又有不失美味的地方。

說到小黃瓜三明治，各位一定會想成是將小黃瓜切成薄片，塗抹上美乃滋夾進麵包裡吧？其實不是。使用美乃滋可不是英式做法！

不能用美乃滋，而是一定要用鹽巴和奶油。麵包就是一般的吐司，因為這種三明治完全不必考慮到麵包好吃與否。所以使用英國和日本那種工廠自動生產的索然無味麵包即可。將麵包切成薄片，切除硬邊。然後塗上奶油，鋪上切成薄片的小黃瓜，輕輕撒上鹽巴，覆蓋上一片麵包。將三明治切成方便一口食用的大小。這麼簡單的東西，不可思議的是除了英國在其他地方都看不到。

寫了許多外國的三明治，也該介紹一下日本特有的三明治。我毫不猶豫地想到「炸豬排麵包」。

不知道為什麼我天生就是喜歡那種低俗的食物。紡錘形麵包中夾入薄薄的冷炸豬排和高麗菜絲，淋上豬排醬汁，就是名為「炸豬排麵包」的傢伙。

偷偷派孫女抓著零錢跑去買「炸豬排麵包」的老人——我或許很有可能變成這樣的老人。

■世界第一的火柴

從計程車司機之中，偶爾會發現博學多聞的人。

比方說——

「麻煩請開到銀座的辻留。」我說。

「就是那間懷石料理吧。對了，先生，懷石的原意是說將溫熱過的石頭放進胸口好撐過飢餓的感覺吧。」司機說。

有一次告知對方開到保齡球館，得到的回應卻是：

「日本的職業保齡球手真是不像話。成為職業級後就沒人打超過三百分。超過三百分的人比比皆是，問題都是在進入職業級之前呀。」

說的話似乎還很有道理。

「今天還真是有夠熱呀！」

下次不妨先從這個話題開頭。

「據說計程車裡面平均要比外面的氣溫高個五度左右，所以呢今天的氣溫應該是三十七、八度吧？」

簡直是一個巴掌拍不響，立刻換來權威性的回答。

本田（Honda）汽車能在歐洲的國際賽事上前進多少成績？我猜想已是他三、四年前開始關心的話題吧。

「聽說本田要將參加大賽的公式車塗成金色。」

先從輕鬆的話題聊起。

「總而言之，因為日本製作工程機械的機器和總經銷都不行，所以沒用呀。」

「不過就是金屬的問題不是嗎？所以要是不能重啟和中共的貿易，取得便宜的鉬，日本就沒有勝算呀。」

「本田現在用的都是二流的賽車手。是因為沒有錢雇用像吉姆・克拉克（Jim Clark）、格拉漢姆・希爾（Graham Hill）之類的好手。萬一輸的時候也可以將問題歸咎於賽車手身上。當一流選手駕駛本田車時，就是本田充滿絕對自信的時候。」

也不知道真實性有多高，不過的確本田在蒙札（Monza）獲勝時，駕駛的就是一流賽車手約翰・蘇提斯（John Surtees）。

曾經坐在計程車裡等人時，被司機請過香菸。他將香菸湊近我讓我點火時，似乎注意到了我所用的火柴。

「先生用的火柴很特別嘛。」

「這個？一點也不特別呀。這是時鐘商標的火柴，一般廚房都用這種。」

「可是會拿廚房用的火柴到處走的人就很特別呀。那種火柴很好用嗎？」

「管它好不好用，我是因為每天要抽六十根香菸，普通的火柴一下子就用光了。」

「先生，你知道嗎？」

「什麼？」

「你知道世界第一的火柴嗎？」

「不知道。有那種東西嗎？」

「叫做BEN LINE（邊航）。那是從英國開往歐洲、亞洲的航線。這條航線的輪船所使用的火柴號稱是世界第一的火柴。」

「問題是世界第一，究竟是哪裡世界第一呢？有何特別之處嗎？」

對於我的提問，他回答得直接明快。儘管日本這麼大，恐怕也找不出幾人能像他一樣當場能說出理想的火柴條件吧。各位說得出來嗎？

他回答：

「也就是說，第一要沒有味道。然後是火柴頭不會掉下來。」

之後我在偶然的機會拿到兩包十小盒裝的BEN LINE火柴。乍看之下是很普通不起眼的火柴；點燃一試，果然就跟他說的一樣。就算火柴棒燒到焦黑，火柴頭也絕對不會掉落，而且沒有味道。因為覺得可惜，只點了兩根就全都收了起來。給我一盒一萬日圓的價錢我也不打算賣出。

■叭叭咖叭——咚、叭叭

有些事情就是讓人覺得很難看。說不出理由何在，總之反而是看到的人會覺得很丟臉。

比方說吃咖哩飯之前，不是有人會將湯匙沾一下杯子裡的水嗎？那真是丟臉的行為。而且對當事人而言，這種行為已變成了習慣。總是可以在談笑風生間，動作很自然地快速將湯匙浸泡一下杯水再取出來。

這種事越是養成習慣，看在旁人眼中就越覺得丟臉。

用力掰開免洗筷子時，有的人會雙手各持一根筷子開始交互摩擦。又不是有被免洗筷子上的木屑給刺傷過的經驗，只因為小時候看到父母這麼做便有樣學樣養成了習慣吧。反正只要一拿到免洗筷子，雙手在無意識間就會做出那種動作。

在居酒屋裡，有的人會拿起喝光的酒瓶斜著往瓶托再倒倒看。最好別養成那種習慣，免得到了比較高級的店家時，不自覺又做出那種舉動。

有的人在用衛生紙前不知為什麼習慣先揉一揉。不可思議的是，即便不是很硬的紙，例如使用面紙時也得先揉一下才肯拿去擤鼻涕。到底是怎麼一回事呢？每次只要那個人一走進廁所，我就覺得好像已經聽見揉紙的聲音。真是一種沒有必要的怪癖。

遊覽車上的導遊說話時，似乎習慣在每一句的開頭加上某種小裝飾音才顯得夠專業。

「嗯…右手邊看得到的是，嗯…富士山。嗯…標高是，嗯…三千，嗯…七百，嗯…七十六公尺。嗯…是東京鐵塔的，嗯…十倍的高度。」

以上行為難道不覺得丟臉嗎？我實在是無法理解，總之看到有人以為那樣才是「見過世面」的做法，我真是為他們感到無以復加的難為情。

假設這群傢伙在開車。

那種緊靠駕駛座最右邊，斜著身體抓方向盤的駕駛大概就是同類吧。

按喇叭時，故意發出「叭叭咖叭——咚、叭叭」響聲的人。

等待號誌燈變換時，突然打開駕駛座的門，壓低身體彷彿在察看地面其實是在吐痰。那種行為真的很討厭！實在上不了檯面。

還有同樣是在等號誌燈時，立刻跳下車調整側邊後照鏡角度，順便擦擦車前窗玻璃，直到號誌燈即將變回來前又趕緊鑽進駕駛座，然後若無其事發動車子的人。那也是很丟臉的舉動，感覺很小家子氣充滿了窮酸味。尤其那麼在意側邊後視鏡角度，豈不證明了平常開車很喜歡鑽車縫？開車就應該要沉著穩重地駕駛才對。

而且就是這種人夜裡停在十字路口時，很奇妙地會將車燈關掉。究竟理由何在？說是怕行人覺得刺眼，簡直是胡說八道。等到車子又開動時，馬上又不當一回事地將燈光打亮打遠。我猜想之所以在十字路口關掉車燈，肯定是想節省一下電力吧。

關掉引擎前習慣先怠速一下的也是同類的傢伙吧。就跟湯匙沾水一樣，都是讓人看不下去的無謂行徑！

■跑車的正確開法

正確駕駛汽車是很困難的事。

所謂的「正確」，就實踐性的觀點而言就是「不犯錯」。因此我們以為透過避開各種「錯誤的駕駛法」自然就能達到「正確的駕駛法」。

所以說具體思考哪些是錯誤的駕駛法倒也不是無謂的舉動。

在駕訓班裡通常會教我們三種錯誤的駕駛法。

也就是，一是用二檔發動D檔前進的車。二是一旦發車後便盡快將檔拉到最高。三是轉彎時一邊踩煞車板。

究竟是基於什麼樣的目的教我們這些錯誤的駕駛法呢？只能用神秘二字來形容了。畢竟學生處於白紙的狀態，肯定會天真地以為車子就應該那樣子開。

事實上大部分的人也都是車上載了五、六名的家人、朋友，直接用二檔發車。等到車子一上路，便以迅雷不及掩耳的速度將檔位從二檔切換到最高檔。完全不管是不是上坡路，反正越快切入最高檔才是老手的表現。

從前教人開車有個順口溜「二檔三尺、三檔六尺」。意思是說用二檔發車後開三尺路，然後切換成三檔開六尺路。當時大概是用時速十公里的車速開車吧。在那種狀態下使用最高檔，怎麼可能對車子有好處呢？

我一看到迅速切換最高檔的人，自然就會聯想到以自由式出場的百米賽泳者突然間改為「側泳」。搞不清楚理由何在，總覺得效率不太好，反而是在一旁看的人覺得很難為情。而當事人一點也沒發覺自己不太對勁的這一點，也凸顯出兩者之間的相似。

總之汽車排檔各有其固定的適用範圍。至於如何使用哪一檔，要視車速、引擎轉速、道路狀況等隨時轉換。因此一個人車開得好不好，只要看他如何換檔，當場就見分曉。

我個人倒是希望趁這個機會給大多數駕訓班的老師們不及格的分數。

對一邊踩煞車一邊轉彎的開車法也是給予同樣評價。首先這對汽車的設計而言就是一種矛盾。汽車本來就不是設計成轉彎時要一邊踩煞車板的。關於這一點只要想想差速器

（Differential gear）的性質自然就能理解。

轉彎時的減速必須在轉到一半前就已經結束。一下子踩煞車、一下子降檔等動作通常是在進入轉彎前就該完成的。

每個人在剛領到駕照時，都會刻意做出將手臂伸出窗外等看似開車老手的動作。一般說來，這種犯規的姿勢就情趣而言，不過是初級中的初級。

我曾經在倫敦街頭看到吉姆・克拉克開自家車的模樣。吉姆・克拉克手臂伸直握在方向盤上「十點十分」的位置。

也就是說，就算是在私下放鬆的時刻依然保持正確的姿勢。因為正確姿勢的真正意義在於能及時因應各種突發狀況。所以有責任感的駕駛，就一定會保持正確的姿勢。

因為吉姆・克拉克，我又想起他寫的書中提到有人在寒冷的早上為了暖車，故意讓引擎開著十到二十分鐘。這種做法只有百害而無一利。以低溫、低轉速讓引擎空轉才不會傷到引擎。

引擎在車子行駛之間最容易發熱。出發前只要讓引擎空轉個三十秒就夠了。即便是寒冷的早上一分鐘已算太長。對於以上他的見解，日本似乎有不同的看法，究竟誰對誰錯暫且存疑吧。

事到如今再說也無濟於事，然而汽車畢竟是很危險的東西。至於要如何對待，身為男人無論再怎麼嚴以律己都不會失之過嚴。不允許抱著隨便馬虎、玩世不恭的態度。

例如開車時穿的鞋子，必須選擇最方便開車的正確鞋子。穿鞋底太滑的皮鞋或容易脫落的拖鞋開車是絕對無法容許的選擇。

這就是所謂的「駕駛汽車的人道主義」。

我們在嫻於開車之前，不是應該先立志成為一個有品格、有操守的駕駛嗎？

有些人在十字路口時被右轉車擋到時，立刻會將自己的車子開進旁邊的車列裡。其實應該說百分之九十九的日本人都會那麼做。

仔細想想，所謂開車就像是自己和自己永無止境的戰鬥。每個人都曉得不應該造成別人的困擾。知道卻還插隊就是缺乏自制力的表現。

看到旁邊車列一直在流動，心情急得七上八下，感覺自己好像虧大了。

也就是說，那一瞬間決定了開車駕駛的品性。此時是否擁有甘於停留在原地的堅強意志力和保有身而為人的品性，乃是成為好駕駛和壞駕駛的永遠分水嶺。

以上舉了幾個「不正確駕駛法」的例子。

若是有人幸運不在其列，想來他應該算是優秀駕駛。平常做人也一定很認真老實，是最適合開跑車的類型。不過這種人應該早就已經通曉「跑車的正確開法」。

要是有人不幸符合上列幾例中的一項或是全部，也就是目前不具備駕駛跑車資格的人。

因此也沒有必要傳授其「跑車的正確開法」。就看他自己是怎麼想的吧。

■駑馬和爛騎師

曾經差點訂購了E型的捷豹（Jaguar）跑車。就在簽約的前一刻及時踩煞車。

至於說到為何會作罷呢？那是因為逐漸覺得E型捷豹跑車太過不食人間煙火。以機械來說它顯得太過完美，以致無法和我們人類互通聲氣。甚至對E型捷豹跑車來說，駕駛反而成了多餘存在的印象則是越來越強烈。

如今在街頭看見E型捷豹跑車，不禁同情起駕駛的人。覺得就像是好不容易說服女人出來跟他約會的男人一樣。

結果不喜歡太過完美的車是我的癖性。當然天底下哪有完美的車子，任何汽車都有其不完美處。因此我覺得既然不完美，就該將不完美處顯露出來。

舉兩個例子說明吧。

據說德國車不會漏油。一位修車廠的老爹深表贊同地如是說。

雖然不知道E型捷豹跑車如何，但英國車倒是很理所當然地會漏油，給人一種盡是缺點的印象。

在以「英國人真是沒用的國民」一笑置之前，我們是否該先思考一下？

難道不漏油是很困難的技術嗎？照理說應該不至於。就算英國人再怎麼沒用，也不至於做不出不會漏油的車子。

對英國人而言，漏油並不算是缺點。不僅不認為是討厭的缺點，反而覺得是一種必要的現象。

和蓮花（Lotus）車廠的技師聊天時曾提出此一疑問，他倒是不以為忤地樂於作答：

「那是故意設計的。也就是說，我們不想讓駕駛有車子絕對不會漏油的錯誤觀念。

畢竟只要在金屬與金屬之間加上包材後用螺絲拴緊就能解決吧。不管做得多麼完美，也無法保證因為某些撞擊而不會產生扭曲吧？我們認為既然不能保證，與其硬要製造不會漏油的印象，還不如讓人們以為車子就是會漏油，所以千萬馬虎不得，這樣故障的情形反而較少。這就是英國人的思考方式。」

不愧是誕生出莎士比亞的國家。英國人真的很喜歡人類，因此也很喜歡觀察眾生百態。

他們承認人類的缺點很多，也予以接受，並且從有缺點的範疇中試圖找出最佳結果。此一哲學也反映在汽車上，所以汽車會漏油。

因為已經沒有時間繼續寫下去，我打算開著會漏油的MG TF跑車去辦公室。MG TF不僅會漏油，儀表板上也沒有油量表，車上也沒有菸灰缸。

於是乎我和這輛車子就像一對心意相通的駑馬和爛騎師。

■耐人尋味的單車

仔細想想，我對汽車一點興趣也沒有。一點也不喜歡汽車這種玩意兒。被冠上汽車痴、汽車迷等稱號只覺得是一種侮辱。

所謂的汽車，不過就是一種運輸工具，算是實用品。我是因為方便所以搭乘，沒有閒工夫為之神魂顛倒。

過去我連個插頭也沒自己換過，再怎麼簡單的故障也都是送修處理，而且也絲毫不會引以為恥。車子這種東西，沒什麼好大驚小怪的。諸君，別跟著瞎起鬨！

基本上我對開車就沒興趣。有人說是追求速度的快感，但要讓我有刺激感，至少也得開到時速兩百公里以上才行。問題是日本沒有那種道路；就算有，那種道路肯定也是又寬又直沒什麼彎曲，完全體會不出速度感吧。重點是在我的認知當中，汽車就是一種機械。也很清楚所謂的機械，就「沒有」一台讓人可以全然相信。因此坐在那種什麼時候會壞掉也不知道的東西上，將速度開到兩百公里以上，除非是瘋了，否則我絕對不幹！

所以我必須不厭其煩地再三強調，我對汽車和開車完全沒有興趣。車子這種東西最好是讓人載。腦海中立刻浮現出氣質高雅容貌姣好的女朋友——如果有的話——讓那種對象開車載更是沒話說。這時開車技術如何已不重要。只要對方是可愛的女性，開車技術好是名副其實交相輝映，不好也自有惹人疼惜之處（總之就是鬼迷心竅了）。以上是我做的白日夢，不知各位作何感想？

順帶一提的是，有些人覺得男人搭女人開的車很丟臉。這種人男女都有，只能說他們氣量狹窄，十足凸顯了對汽車的自卑感。遇到人就忍不住想要誇耀「這台車的主人是我」。但願他們的人生能過得大氣一些！

一如上述的理由，我決定對汽車等閒視之。至於問到我喜歡什麼呢？首先是走路。難道這不算是最高等的嗎？伸直腰桿子、邁開雙腳快步行走。或是偶爾停下來駐足花前。總之那種高尚感是搭車不能比擬的。

搭車的人總是非得要停到最靠近目的地的地方才肯下車。要是停在稍遠處請他們下車自己走一小段路，立刻就擺出一張臭臉。真是要不得的行為，實在下等。

僅次於走路的是騎單車。因為東京可以享受騎單車樂趣的地方幾乎都已經消失殆盡，對於打從心底想盡情騎單車的人，建議選擇出國旅行。

那要去哪兒呢？請去柬埔寨吧。去到柬埔寨的吳哥窟，在那裡騎單車。

如今這個季節，那裏就像是日本盛夏的氣候。天空蔚藍清澈。因為馬路上幾乎沒什麼汽車經過，十分閒適恬靜，而且路況又好。

請試著慢慢騎著單車徜徉在這種路上一邊享受日光浴，感覺人世間的幸福至此夫復何求。身上只穿著一條泳褲，反正大家也都是裸體。

馬路穿梭在密林之中，路旁的參天大樹一望無際，滿眼盡是盎然的綠意。就這樣在藍天下，只有自己腳下踩的法國寶獅（Peugeot）單車發出輕響，腦海中想到了家鄉、想到了女朋友，想到了過去與未來的種種。背著弓箭、帶著微笑的當地人赤腳踩著單車與我擦身而過。草原中的水塘裡，水牛和小孩子們一起沐浴。大概不會有比在吳哥窟周邊騎單車更具耐人尋味的交通工具吧，我靜靜地如是告訴自己後決定就此擱筆。

■貓的腳印

大家可能還記得在〇〇七情報員詹姆士．龐德的電影《霹靂彈》（Thunderball）中，義大利的前機師將載了氫彈的飛機偷偷開走。

義大利人心想：這件差事成功之後，自己就要隱居南美過著奢侈的生活。車子呢，就選法拉利跑車，顏色當然是深藍色的吧。

結果這個義大利人在買法拉利跑車前就被殺害，不過他的想法倒也很有道理。

也就是說，他夢寐以求的法拉利顏色不是白色或紅色，而是挑選深藍色，有股說不出來的奧妙！

法拉利這種最高等級的車，顏色就應該走高雅洗鍊的路線。白色已經算是太過招搖，紅色更是不予置評吧。車子一旦是法拉利等級的藝術品，挑選引人注目的顏色等於是對車子的一種汙辱。

奧斯頓・馬丁（Aston Martin）跑車也是一樣。甚至就連捷豹跑車E型的級別，紅色也會顯得俗豔，讓人感覺是酒吧老闆的不肖子開的。渾身上下引人注目的光鮮亮麗，只會讓難得到手的高貴名車流露出濃濃的暴發戶銅臭味。

且容我繼續往下大膽直言，適合普羅大眾的小型家用車塗成紅色也很寒酸。也就是說，一旦挑選終於美夢成真的紅色，只會讓旁觀者越看越覺得辛酸哩。

好像呼嘯著「我買車了！還是鮮紅色的！」奔馳在大街上，路上行人則是很想回嗆；不過就是車子嘛，有必要那麼興奮嗎？

結果適合紅色的似乎只有小型跑車。紅色的小型跑車到處充斥已是司空見慣的現象，大概不至於有太過招搖的危險性吧。那種感覺頂多就像是年輕漁夫幹活時身上只穿著紅色丁字褲一樣吧。

我將自己的Elan蓮花跑車塗成紅色，是因為我覺得她就算是紅色的也不會太過醒目。說得更明確點，這款車就是要髒髒的才好看。不僅是灰塵、泥巴，就連小刮痕、輕微的凹陷等都要保留下來。

在我的分類中，它屬於雨具、鞋子的類別。一如穿上新添購的雨衣、新鞋感覺會有點難為情；車子保持一定程度的骯髒，開起來才輕鬆自在。

因此我決定不打掃自己的蓮花跑車。去年年底停在車庫裡整整一個月都沒開，車身已積了一層塵埃，上面還留下了貓的腳印，幾乎已符合我理想中想要展現的藝術性骯髒。

我決定要用手指在塵埃上作畫。對了，就畫個祈福柱連繩，趁著新年出去走春吧！不料事與願違。除夕那天下午，當我打開車庫的門一看，當場傻住了。看來有人打掃過車庫。整個都被清洗得乾乾淨淨的車庫裡，停著一輛被清洗得亮晶晶的紅色蓮花跑車。

真是不解風情！我只好再等一個月讓蓮花跑車蒙塵。所以到了正月以後，我都沒有開車出門。

■性急蟲

車子才一發動，我們的心就已經性急地直奔前方，究竟那是一種什麼現象呢？或許該說是車子才開始行進，我們的心就飛奔向遙遠的遠方，然後回過頭來心急如焚地拉扯著自己。

各位是否也有過類似經驗？沒有的人，建議可以試著漫無目的地開車兜風。明明沒有任何目的，可是當車子一旦開始行駛，彷彿已經能看到各位一路飛奔超車，試圖穿越即將轉變成紅燈的黃燈。

只能說車子裡面好像藏了會讓人的生理時鐘變快的蟲。我自認為是穩重大方的人，卻還是有不敵於此「蟲」之處。

「我有點渴了！看看哪裡可以停車好讓我買可樂。」

聽到這種要求，就會產生強烈的抗拒感，心情也變得有些不悅。

我自己也有點口渴，也很想喝可樂。因為想喝就停車，說來很簡單，但開車可不能為了一點小事動不動說停就停的。不行！除非必要不然就不停。

「哎呀！剛剛怎麼沒停？有賣可樂的店呀。」

「是嗎？好吧，馬上又會有的。」

「咦？剛剛不是有個香菸鋪嗎？」

「剛才是在右側路邊呀，等左側有了再停。」

「嘿！剛剛有雜貨店怎麼不停呢？」

「因為剛好有個空當可以越過前面的公車呀。」

「哈！前面有得來速，就停在那裏吧。哎呀，你怎麼……」

「不行，你別說傻話了。要是那樣做的話，豈不又要被剛才那輛公車給追過去了？馬上就需要加油，到時去加油站再喝吧。嗯？」

在抵達加油站之前，我又苦心積慮超過了十幾輛車，於是變得更加難停車。終於在第十幾間的加油站前，在龐大的心理壓力下，好不容易才拉得住車子停下來——就在我一停下來時，剛剛超越過去的黑色轎車、紅色跑車、黃色廂型車、灰色卡車又呼嘯經過我們而去。眼看著所有的努力就這麼瓦解、泡湯了。

「你真傻！有什麼好心浮氣躁的。」

「因為實際上就很吃虧呀，你不懂嗎？真的虧大了。」

哪裡有吃虧呢？這種事我當然也心知肚明。但就算心裡明白也無濟於事。

也曾經聽到計程車司機說過類似的經驗。

「搭車的客人呀，常常有人會忘了東西。我說的不是掉在車子裡，而是有的人不是會在家門口搭車嗎？都已經開了十分鐘，才想到『糟糕！東西忘家裡了』得折回去拿。這種時候會很生氣吧?不過仔細想想,反正都會反映在里程表上,豈不因禍得福?動的氣馬上又消了。」

我懂!這種心情就是「蟲」,而且是「性急蟲」。

因此諸位交通行政管理者,在思考交通安全對策之前,不妨先徹底研究一下潛藏在所有開車人內心深處的這種「蟲」。

比方說速限。現在每一百個駕駛就有一百個人違反了速限規定。換句話說,沒有人守法。但如果換個角度思考:會不會該項限制是沒有人「能遵守」的法律呢?會不會法律本身擁有致命性的缺失呢?

假設「蟲」的研究有成,我想很多現象輕易就能獲得學問上的佐證。例如以時速低於四十公里行駛在寬廣的馬路上根本是「心理上不可能」的事。

以我個人來說,倒是發現了一種在心理上可以輕易遵守速限的方法。那就是將MG TF跑車的車前窗推平,讓疾風直接拍打在臉上。

因為在這種情形下,超過四十公里的風壓就會讓人無法呼吸了。

■危險

我不知道現在是否還是一樣，我記得標明京都市電停留站名的琺瑯看板上，除了寫有站名的大字外，底下還有一排小字寫著：

人、車

整然行進

豈不美哉

每一次讀完這句既不像川柳也不是現代詩或交通標語的文字，心情就會莫名其妙地變得清爽。

「人、車，整然行進豈不美哉。無名氏作。嗯，作得好。」我在心中喃喃自語。

首先，這個標語——如果它算是標語的話，好就好在它沒有主張任何事情。都大路上人車整然行進的美麗，那又怎樣了嗎？是沒怎樣，作者不過就是描述了那種美麗的景象而已。感覺相當優雅，完全沒有說教的意味，也看不出來任何強制人們的意思。

話又說回來，公家機關難道真的以為交通標語能產生效用嗎？看來他們真的以為可以。其證據就在每次一提到交通安全宣導運動的預算時，大概都會宣布說要募集交通標語、將獲選的作品製作成巨大看板或是帷幔、旗幟「設置」在都內的幾千個地方。也就是說，似乎在公務人員的腦袋瓜裡已產生某種機制：一提到交通安全，自然就會浮現拿標語當作首要對策的做法。

我覺得不可思議的是，究竟掌管日本交通行政的公務人員裡，有多少人是自己開車的呢？既然是交通安全，那種會想起標語的感覺就絕對不是開車的人會有的感覺吧。

因為如果是自己抓方向盤的人，照理說對於那些交通標語除了破壞市容外，完全發揮不了狗屁效用的事實早已銘記在心。

真不懂那些公務人員心裡在想什麼？真以為一看到標語，原本正在奔馳的駕駛們會一起把心收緊並放慢速度嗎？人世間沒有那麼天真好騙的啦。那叫做想像力的貧乏，也叫做具體性的欠缺。所以才會被納稅人瞧不起，被說成是薪水小偷。

總之我覺得標語應該停止不用才對。畢竟想出再多的新標語，交通事故依然有增無減，不是嗎？就像小學會在黑板上寫著「校園裡請安靜行走」，標語的效力頂多就是那樣子罷了。

各位公務人員，你們就算不會開車，至少也會打麻將吧？打個比方吧，麻將館如果在牆上到處張貼著「危險！賭麻將牌會身敗名裂」的紙條，你認為賭麻將牌的情形會減少嗎？什麼？有那麼單純嗎？你們這些公務人員實在是……

總之我覺得違反速限的駕駛和賭麻將牌的人們之間存在某種的共通點。

也就是說，兩者都樂在其中，都很相信自己的本事，完全沒有罪惡感。而且不僅沒有罪惡感，被抓到時只會認為自己是「運氣不好」被抓到，埋怨法律為什麼要取締這種事。大家都在做，為何只有我被抓到？實在氣死人了。

各位交通行政的管理者們，如今為時未晚。希望你們盡快去考駕照。然後開上半年到一年的車，自然就能基於駕駛的立場想出完全不同境界的交通對策。

老實說，看到你們這些沒有駕照的門外漢，以交通行政、道路行政的名義浪費掉大把大把的稅金，真的是夠了。

拜託，真正想大喊一聲「危險」的是我們這些開車的人，好嗎？

■Poor Man's MINI Cooper

這麼說有點難聽，我覺得日本對於汽車的認識，「國民的水準」已提升不少。

大家不妨想想看。不過才五、六年前，在日本提到跑車，就只有某公司宛如手工打造般又笨又重的一款車而已。還有第一屆的鈴鹿非主流賽車，日本汽車業界表現出多麼無知

蒙昧的蠢樣！（當時日本國民對於汽車的認識水準實在很低）

現在又是如何呢？

比方說，聽說最近本田的N360車款十分暢銷。

那種絲毫不妥協、原則明確的車子，在五、六年前的日本根本不可能生產，就算生產上市也賣不出去吧。

當時到國外旅行的人，比方說看到法國雪鐵龍（Citroën）的2CV（發音是杜修沃）都會咂舌表示不屑。

「外觀設計成那麼不顯眼的車子，怎麼會大賣呢？」

「就是說嘛。那種好像是用鐵皮隨便折出來的車子，看在日本人眼中實在不夠浪漫呀！」

「沒錯。不過從引擎動力來看，如此夢幻的車款倒也少見。其他車款根本看不到這麼多的獨創性設計，從頭到尾俯拾皆是。」

「話又說回來，也許它可以取悅專家的眼光，但現實生活中買車的可都是平凡的普羅大眾呀。就算性能再怎麼優越，再怎麼充滿工學的美感，那種設計在日本還是一輛都賣不出去的。」

「的確也是。問題出在國民的水準。這裡的國民還是比較有水準呀。」

聽說本田N360有「Poor Man's MINI Cooper」的俗稱。

MINI Cooper當然指的是Maurice MINI Cooper 1300吧。一如迷你之名的小型車體裝置了一千三百CC的引擎。乍看之下似乎沒什麼，實際上卻是很能跑的陰險小車。英國人說它是「披了羊皮的狼」。

Poor Man's MINI Cooper，也就是窮人的MINI Cooper。這可不是旁人在嘲笑開這種車的人，而是駕駛以窮人自謔的說法。真是相當高明風趣的外號。

如今我們國人的水準真的提升了。

有所提升是真的，卻還沒有完全定著。

比方說，我們會在停好車時將汽車天線給收起來摺好。為什麼要那麼做呢？因為放著不收的話，會有人故意將天線折斷吧。可見得國民水準還是很低。

在國外也很少看見油箱蓋上鎖的車子。在巴黎開蓮花跑車時，曾經打算換新的有鎖油箱蓋而跑去買零件，可是很難跟店員說明清楚何以有上鎖的需要。只因擔心汽油被人偷了。還有更糟糕的是萬一被偷偷丟進方糖什麼的豈不麻煩？引擎馬上就會……我還記得如此說明的同時，自己也越來越心虛的窘狀。簡直是逼著我們說出難聽的事實嘛！

最後還有一點，歐洲常見三線道的馬路。

不是單側三線道，而是全部只有三線道。也就是說兩側外線道分別是上行和下行專用，中間的車道則是專供上行車和下行車超車使用。這可就厲害了。因為大家隨隨便便都是以超過一百公里的時速一邊行駛一邊看到中間車道有空當立刻衝上去超過前面的車子。超車的時候，有時反向剛好也有人要超車。因為彼此都是高速行駛，眼看著雙方逐漸逼近就快要正面對撞時，彼此已都成功超車回到原來的車道。真是千鈞一髮嚇死人了！

有時我會一邊開車一邊思索要是日本也引進這種三線道，會是什麼樣的情況？

對吧？你們覺得到底會是什麼樣的情況呢？

亞伯拉罕・林肯（Abraham Lincoln）曾說過「為民所有、為民所治、為民所享的政府」。雷諾（Renault）16以林肯的方式來說應該就是「為法國人所有、為法國人所治、為法國人所享的車」吧。實際上我還真沒看過如此法式的汽車。

至於說到法式，有人心中會浮現出十分夢幻、華麗、浪漫的印象。我沒說出口的法式的定義，其實跟那種寶塚❶風的意象相去甚遠，比方說先是吝嗇、帳目算得很清楚、凡事講求節約。就拿電燈來說，他們進出房間時一定會確實做到開燈與關燈的動作。當然理由可能是因為電費太高，然而日本過得相當貧困的人也不見得像他們那樣認真地開燈與關燈。

也就是說，講好聽點法國人是合理主義者。凡事講求道理。因為講道理，性格上就偏於算計、冷漠、權利意識和平等意識較強、自私自利。不喜歡打擾別人，但也絕對拒絕受到打擾。相較下日本人對於受到打擾還比較寬容些，不過反過來看，那其實是偷偷考量到萬一自己以後造成別人困擾時的保險措施。

此外再加上好吃、好色、有愛國心、講求品味的獨特美學等綜合而成才算是法式的定義。一言以蔽之則可稱為小市民作風。

這種小市民作風的國民製造出來的汽車會是什麼樣呢？如各位所知的，法國並沒有上得了檯面的跑車。因為跑車基本上和吝嗇的精神背道而馳。說穿了，跑車很耗油、裝不了太多行李、維修工作很繁雜，就連乘客也是兩人以上便有困難，尤其是價格昂貴，完全和法國人的民族性走相反路線。

我的Elan蓮花跑車是跟巴黎的代理商買的，這家店的業務員是典型的法國男人。Elan蓮花跑車只比本田跑車大一輪，基本上是以性能為強項的小型跑車。為了推銷這輛車，這個法國人從剛才起就不停地提到娃娃推車。

他假設我會買這輛車，打算要開車去度假。這時車子後座可以放行李箱；兩個的話應該能輕鬆放得進去。化妝箱就放在太太的腳邊吧。因為後座置物箱還是空的，可以放露營用的摺疊式桌椅，或是摺疊式腳踏車。對了，請問有小孩嗎？還沒有是嗎，不過請放心，將來有了小孩後，就算一家三口出門兜風，娃娃推車也可以放進後座置物箱裡。放心好

---

❶ 寶塚歌劇團是以未婚女子為團員的歌劇團，舞台風格華麗夢幻。

了，絕對放得進去，因為市面上也有摺疊式娃娃推車……

這就是法國人對於汽車的想法。也就是說，法國人以其知性一眼就看穿了汽車的本質。對法國人而言，汽車不是財富和地位的象徵，也不是「會動的裝飾品」。對法國人來說，汽車就只是搬運物品的工具。

因此他們感興趣的焦點果然落在行李量的多寡。例如雪鐵龍2CV的車款。就像是將鐵板沿著「切割線」裁切後，沿著「虛線」摺疊，並將「塗膠處」黏合而成的獨創性十足的車子。該車目錄上對於如何收放行李，解說詳盡超乎平常。

普通行李該這樣或是那樣放，如果是大型行李可拆掉後座和副駕駛座的椅子，甚至是車頂……不過就是那麼小的車子，就連如何裝載直立式鋼琴都有插圖說明，你難道不會覺得很煩嗎？

我的父親寫過以下的東西。

問：你認爲人生的目的爲何？

答：玩樂。

問：人生的目的難道不是工作嗎？

答：對我而言兩者都一樣。不過爲了謹慎起見，煩請去問在礦坑裡工作的人吧。

假如不是問在礦坑裡工作的人，而是問法國人，得到的答案應該也十分類似吧。法國人的人生目的只有一個，就是「度假」。夏天的巴黎有多蕭條？無法去度假的人們表情有多臭呢？即便是在隔著大海的日本，這種事已被寫遍和傳遍。我甚至沒有勇氣重新提筆再寫，便可見得情形有多嚴重。

因此必須將度假這件事視為法國人計畫事情時優先於其他的最高指令。選購汽車的基準亦然。撇開度假需求是無法談論法國車的。

前面之所以說雷諾16是很法式的汽車，首先是因上述的各種意義。也就是說，沒有事先理解這些因素就不可能觸及雷諾16的根本精神，其他也就多說無益。

要說什麼是雷諾16的根本精神呢？雷諾16是專為度假而設計的車款。

要開車去度假，難免得長距離駕駛，因此乘坐舒適度將成為一大考量。請不妨試坐一下雷諾16的座椅，身體整個都會被吸收進去，真的很厲害。平常我們說坐起來很舒服，往往是消極性地表示幾乎感覺不到任何不舒服的要素存在。

但雷諾16的座椅就不一樣了，坐上去的舒適感是形成一種更積極性的快感。也就是說，將身體埋進座椅，本身就是獨立的暢意快事（總之這座椅很厲害，讓人驚豔）。

其次，法國的假期是長達三十天的有薪假，所以這段期間要離家生活，當然行李的分量也相對不少。這些行李要如何收納呢？

又或者假期中，飯店、旅館、民宿都已客滿，有些人甚至睡在廚房餐桌上、浴缸裡。遇到臨時狀況，若不能在車內睡個好覺，可就不能說是專為度假設計的車款吧。

這個問題雷諾16自有它獨特的方法可以解決，手腕之高還真是出類拔萃。或許應該說是當初設計此一車款時已訂立了明確的目標所贏得的勝利吧。只要能抓住主題，雷諾16座椅有多種變化的創意發想似乎也並非難事。日本製造商當然也不乏如此的想像力，但終究沒有基於購買方的立場設定主題。那種對買車的人及其天真的購車概念所抱持自以為是的曖昧想法，不已經直接反映在日本製的汽車上嗎？

設定主題是很嚴肅的事。設定出一個主題，當然也意味著伴隨了某種的犧牲。如果是以同樣的排氣量比較發車效率為主題，勢必就得減輕重量。當然犧牲的就是「豪華度」

吧。這可需要勇氣，不管是製造方還是購買方。

近來似乎已越來越無法掌握人們的想法，感覺變得散漫了。想住好房子、穿好衣物、吃美食、要有音響、也想要彩色電視、要有車、夏天想去避暑、冬天要去滑雪、還想打高爾夫球、想讓小孩讀名校。

儘管嘴裡那麼說，可是你的薪水卻一成不變。拜託請鎖定一個主題！同時要有往前踏一步時就得做出相對犧牲的勇氣。

以結論來說，我認為雷諾16是值得尊敬的車子。

■約翰生的車子

曾經突然想去威尼斯走走。

想去看看海軍局前的大理石獅子們。想到聖馬可廣場的Roberto買貼有藍色和紅色天鵝絨的旅行包。那些用白色、褐色、粉紅色大理石建造的各種宮殿、廣場，還有大大小小的運河、波濤洶湧的運河、沐浴在陽光下的運河、烏黑停滯的運河——那一瞬間只要一想到這些景物依然存在便坐立不安。於是直接跳上車朝向威尼斯出發。

那是我窩居在南法的朋友別墅時發生的事。隔天半夜我已平安抵達威尼斯，這就是陸地相連的好處。假如現在日本和中國的陸地相連，通往威尼斯的道路也修整完備的話，搞不好開車走在青山、赤坂一帶時，突然心血來潮就又發作似的開往威尼斯去也未可知哩。對我來說，那是開車的樂趣之一。

開車的樂趣之二，我想是可以一個人獨處。一名已婚朋友說過的話讓我難以忘懷。

「不知從何時起洗澡和上廁所的時間變長了。因為只有那樣才能躲避老婆的攻勢。」

為了那種人，我強烈推薦買車作為一個人不被他人打擾的休憩場所。人類已逐漸忘了跟自己對話。從早起到晚上就寢，沒有一時的休息，只見電視、廣播、報紙、雜誌、唱片，或是各種瑣事、工作、人際關係等在心中橫衝直撞，想真正一個人獨處省視自己的內心幾乎是不可能的事。

覺得這樣很可怕的人，擔心迷失自我的人，我建議用車子當成自己可以獨處的空間。建議將車子停在靜謐的黑暗處，跟自己赤裸裸的內心交談、互相安慰、互相砥礪。

又或者在行駛的車子裡，不管發出多大的聲音也不會有別人聽見。我有時會在車子裡盡情享受威爾第歌劇《命運之力》（La forza del destino）全曲的賣力演奏。

樂趣之三是將汽車當成戀愛的小道具。其實我也不是很想說「最近的女孩子未免也太容易上手」之類的話。

「因為太容易把到，感覺和女人上床就跟做體操一樣。對了，只有上次那個妞還不錯。就是下雨天在六本木跳上我車的那個女的。穿著佐登鞋，戴著卡地亞手錶，說是某國家大使孫女的那個妞呀，她就挺不錯的。沒看過皮膚那麼白的女人，當時怎麼會那麼順利呢……」

這種話聽起來很惹人厭吧？

最後這一段是為以車子當作經濟能力及地位象徵而自娛的人所寫的。

約翰生訂了一輛車。「電視和音響當然都要裝上。還有電話機裝個十台吧，嗯，還要有總機。寢室裡也要有。吧檯當然設在餐廳隔壁。除了客廳、廚房和書房外，客房三間應該就夠了吧。游泳池最好不要四方形的，要曲線的。游泳池後面幫我造一座小小的樹林吧。樹林盡頭是網球場。另外不要忘了幫從家裡往返網球場時開的那輛福斯車（Volkswagen）蓋間車庫。」

那輛車送來當天，約翰生開著新車威風凜凜地來到百老匯。等紅綠燈時，旁邊緩緩停來一輛破舊的敞篷跑車，上面坐著兩個披頭四裝扮、態度輕浮的青年。一邊吹著口哨一邊抖腳，眼睛直盯著約翰生看。

「哼，囂張的披頭小鬼！」

正當約翰生在心裡發出憎恨的怒吼時，正好電話鈴聲響了。約翰生一臉得意地在眾目睽睽下拿起話筒一聽——瞬間面紅耳赤，表情也僵了。約翰生將話筒從車窗遞出，沒好氣地跟破車上的青年說：

「電話是找你的！」

■招財貓

我最喜歡的西式建築形式是威尼斯風格，包含了家具、室內裝潢等一切。說得貪心點，我想要有一座文藝復興前的威尼斯宮殿，但應該是不可能的事。畢竟我連月繳的冰箱分期付款都還沒有繳完。

威尼斯最典型的裝飾之一是「舉著蠟燭的手」。走廊牆上突出許多隻雕刻的手肘，手上握著蠟燭。

從極大到小孩子的手，各種尺寸都有。有的上面會半纏著衣物，也有赤裸的手臂。顏色一概都是金色，偶爾也有穿著藍色或白色衣物的黑色手肘高舉著蠟燭。

威尼斯人肯定是很喜歡Trompe-l'œil（視覺陷阱）的人種。Trompe-l'œil的意思是欺騙眼睛，屬於繪畫的手法之一。或許可說是看起來很像真的但其實是騙人的畫。算是超現實主義者偏好的一種詼諧趣味。

手燭臺也是其中一種，其他還有用大理石做的各種鳥蛋、仿造堆放在竹籃裡成圓錐形的陶器等。當然沒什麼實質用處，就是無聊當有趣。

這種趣味似乎越來越流行。在湯瑪士・史坦林（Thomas Sterling）寫的《一日之惡》（The Evil of the Day）中對於威尼斯的某一宅邸做了以下的描述：

「房間裡面靠右邊的角落有一道通往二樓的優雅樓梯。靠左邊的角落也有一道跟右邊一模一樣的樓梯。只是並非真的，而是用完美的遠近法畫在牆上。房間的兩側牆邊並列著五、六張椅子，其中也有幾張畫得跟真椅子不相上下。一扇從來都沒有空氣流動過的窗子擔負了畫框的功能，呈現出遠眺運河上小橋流水的景色。橋下有一艘鳳尾船航行在不會流動的河水上面。畫面中坐在船裡的人們身上穿著兩百年前的午後外出服。」

我的英國朋友哈利・寇威爾是個威尼斯迷。將房間布置成威尼斯風格是他的理想，誰叫他處於赤貧如洗的狀態。

一走進他住處公寓的陰暗玄關，靠近天花板處有一個小書架。心想怎麼會在如此不方便的地方裝設書架，定睛再看果不其然是假的。為了要遮擋電表、瓦斯表的所在位置，居然想到用威尼斯風格掩飾，還真是教人感佩不已。

書房裡只要擺那些假蛋、石頭水果，他也就心滿意足了。到了夜裡，當他關上法式窗的內側木門時，門板上清楚畫有威尼斯風格的盔甲，彷彿就像是戶外強烈的陽光透射進屋內一樣。

最近我找到高達兩公尺的巨大招財貓，立刻買來送給哈利。如果遠遠放在他住處野草叢生的庭園角落中，儼然就是一幅視覺陷阱的畫作。

「Japanese Inviting Cat」——我想哈利應該會如此稱呼招財貓吧。

■永

說來丟臉，我頭一次看到威尼斯聖馬可廣場的印象是：在這裡賣冰肯定會賺錢吧。所謂的冰，是那種用手動刨冰機不停刨下來的碎冰。

讀高中時，我們把刨冰說成是「永」。因為學校附近冰店的旗子上點錯了位置寫成了「永」。

也就是說，把冰店最重要的「氷」字誤寫成「永」的糟糕傢伙可能是靠著家人親戚們出錢開的店，所以就湊合著用吧。

總之我們經常去吃「永」。在我們鄉下會先刨好冰，再淋上有顏色的糖水。紅的是草莓、黃的是檸檬、綠的是哈密瓜、白色的說是Mizore或是Sui❶，到底Sui是什麼？至今仍無定論。

容器是用便宜的假玻璃碗，就是表面有圓形凸起的玻璃容器。並搭配相襯的鋁製湯匙。

用這種湯匙小心翼翼地鏟冰時，刨冰會被糖水溶化變成一團雨雪。有的人一定要先拌成雨雪狀才開始吃。或許是在宣示：你們難道要從一碗堆得跟山一樣高的冰吃起嗎？真的會吃刨冰就要跟我一樣。

有的朋友只吃半碗就不吃了，因為開始頭痛了。我倒是連吃兩、三碗也不會頭痛。肯定有人會覺得這傢伙又在耍帥說大話吧。

我們住的街上有家名叫倫敦屋的冰店，賣的「倫敦冰」很有名。就是在蜜豆刨冰碗中加上一球冰淇淋。根本是旁門左道，倫敦冰感覺很窮酸、低俗，讓人不知情何以堪。

冰塊刨到最後會變成薄片狀。店家附近的小孩會堆起笑容討著要，也有小孩會用笸盤裝一堆買回去。一家人淋上黑糖水當點心吃。那是一種怎樣的生活呢？

❶ Mizore漢字寫成霙（雨雪），Sui是水，其實就是不含色素的白糖水。

■惡魔的發明

我小時候以為紙巾和彈珠汽水是日本的兩大發明。據說紙巾和彈珠汽水都是遠在明治時代的發明。

根據平凡社的世界大百科事典所寫，明治三十三年（一九〇〇）發行的美國商品辭典中提到日本製的皺紋紙和紙巾品質最好。

明治三十三年也公布了「食品衛生取締規則」，其中正式使用了清涼飲料一詞。所謂清涼飲料乃加了碳酸氣泡的飲料，其代表就是彈珠汽水。

彈珠汽水的日文是ramune，其實是lemonade（檸檬水）的訛音，就像pudding（布丁）變成purin、milkshake（奶昔）變成mirukuseki，都是文明開化時期的外來語之一。

我小時候聽說彈珠汽水的瓶子是「三田先生」發明的。彈珠汽水的瓶子（現在的年輕人怕是不知道吧）可真是吸引小孩子目光的設計。

首先蓋子不在外面而是藏在瓶中的創意就很奇特。瓶頸之中有顆彈珠。瓶中裝汽水時，碳酸的壓力會將彈珠往上推堵住瓶口。想到用彈珠的創意還真是惱人！眼看著就在那裡，伸手也能觸及但就是拿不出來。小孩子怎能抵擋其魅力呢！

喝這種彈珠汽水也有分技術好壞。不習慣的人喝時彈珠會往嘴巴的方向滾動並堵住瓶口。其實瓶身裡面有突起的設計可擋住彈珠避免滾動，不知道的人拿起來喝一口往往就會被堵住。如今回想常常有女人會發生那種狀況！

越想越覺得那個「三田先生」根本擁有一顆惡魔的頭腦。而且彈珠汽水的分量也很剛好，不是嗎？普通汽水一瓶總是一個人喝太多。彈珠汽水的分量在當時是一合（一八〇CC），作為一人分的碳酸飲料被認為是適當的分量。

如此重大發明，為何大企業連正眼都不瞧一下呢？真是不可思議。當然彈珠汽水只能交由小企業生產，也因此每家店的味道有些微妙不同，價格也不一。我高中時代的彈珠汽水普通一瓶賣十圓，也有人賣七圓，學校福利社則是賣三塊半。每次我喝彈珠汽水都擔心會不會賣得太便宜了。

鄉下海水浴場竹簾搭的的休息站、破舊的二輪電影院賣店、山路邊蒙受風吹日曬滿是塵埃的茶店，印象中我常在那些地方喝彈珠汽水，也因為喝了彈珠汽水而恢復精神。

彈珠汽水通常泡在裝滿水的大型金屬盆中，或是和冰塊一起裝在白鐵箱中，所以瓶身總是濕的。乾的彈珠汽水瓶口會貼上類似檢驗合格證明的藍色封條，但在冰鎮的過程中很容易脫落掉。

買彈珠汽水後，使用特殊的「彈珠汽水開瓶器」，砰的一聲打開！只見汽水開始冒泡，彈珠不停滾動，哇！好棒呀、好棒呀。

彈珠汽水已逐漸成為過去，即將滅絕。

另外一項日本重大發明的紙巾則是運勢日益亨通，我在美國機場的餐廳或是義大利的小酒吧都用得到。

就在現在這個瞬間，好幾萬人的上班族吃完咖哩飯、雞排飯、燉牛肉飯，一邊用紙巾擦拭嘴巴時，肯定會一邊讚嘆：這東西的觸感真好！沒有用它來擦嘴就沒有吃西餐的感覺！

■可爾必思和可口可樂

提到輕飲，我認為日本的可爾必思和美國的可口可樂絕對是出類拔萃的存在。因為兩者都開發出前所未有的新滋味，這一點真的很偉大。各位想想看！假如現在完全沒有可爾必思這種東西，你能創造出那麼不可思議的味道嗎？那可不是隨便就能想出來的呀，可口可樂也是一樣。還記得戰後第一次喝到可口可樂時，不管是顏色、滋味、瓶子的顏色和造型，都讓我覺得是很稀奇古怪的飲料。

新的輕飲上市時我會基於好奇心買來喝，但似乎很難遇到眼睛為之一亮的新作。新的飲料感覺就只是被重新設計過的味道。儘管是經過精心思考過的設計，但要設計新味道本來就很困難，嘴裡能感受到被設計過了的味道，可惜還不到天衣無縫的境界。

這一點可爾必思和可口可樂的味道給人渾然天成的感覺，即便是跟絕對天然的牛奶、柳橙汁等相比也絲毫沒有不自然感。

可爾必思是以叢生於南太平洋馬克薩斯（Marquesas）群島可爾必島上的椰科植物馬卡爾畢果汁為原料；可口可樂則是萃取自安地列斯（Antilles）群島特有藥草可可拉可卡的地下莖汁液為原料，所以當然都是天然風味——我寫了這一大堆，其實都是鬼扯的。你該不會輕易受騙上當了吧？

可爾必思和可口可樂好就好在擁有一種「看似真實存在」沒有違和感的味道。通常那種東西都是靠合成製造出來的。

嗯，我另外又想起了一種奇怪的飲料。我的故鄉是愛媛縣，夏天到海水浴場一定要喝的飲料是甜湯和甜酒。甜湯是將麥芽糖化在熱水裡，味道十分簡單粗俗，甜度也若有似無。

至今我的舌頭還能清楚感受到泡在海裡游到嘴唇都發紫後，滿口海水鹹味的嘴巴碰到溫熱甜湯和充滿生薑辣味的甜酒滋味。

■冰品

小時候我有一本實用日記。我沒有寫日記的習慣，就只是擁有那本日記。大概是母親給我她一年前用的日記簿吧。印象中一月開始的前幾頁被撕掉了。

至今我還記得那本實用日記的初夏篇章裡印有冰淇淋的製作方法。

先在金屬盆中以一比三的比例放進碎冰和鹽巴並加以攪拌。依序將牛奶、砂糖、雞蛋等偏好的材料放進茶罐裡，然後將茶罐插進碎冰中不停地轉動。我想大致就是這樣的作法，旁邊還附有鋼筆畫的插圖。

大概沒有比用鋼筆畫出冰淇淋更困難的事吧，這張插圖實在令人百思不解。因為在店裡吃的半球形冰淇淋就直接堆放在茶罐上，未免也太胡來了吧！冰淇淋之所以是圓形的，是因為舀冰淇淋的機器使然，照理說剛做好的冰淇淋應該是不成形狀的一團才對。

可是當時的我並不懂，就是覺得很納悶。

至今還記得如此無關緊要的小事，可見得當時有多麼想自己做冰淇淋吧。結果直到長大成人我連一次也沒做過。肯定要怪那張插圖讓我心中無法釋然的關係吧。

然而在我的想像之中，以此方式做出來的冰淇淋應該會很好吃。與其說是冰淇淋，更像是口感爽脆的冰沙吧。我想應該會做成類似從前火車站賣的那種冰淇淋。

我心目中的冰淇淋就只有那種。清爽的口感其實就是夏日的滋味吧？冰凍的零食就應該要有那種感覺才好玩。

近來的冰淇淋吃起來就像牛奶糖一樣又甜又香，或許有營養，但那種東西我一匙都吃不下。

■花大錢

作家室生犀星在銀座的不二家吃冰淇淋，女服務生看到他即將吃完之際便送上熱茶。這時作家看著端上來的熱茶跟身旁的友人說：

「我說你呀，就為了這個可是花了大錢呀。」

我想聊聊「花了大錢」的故事。近來常聽人說米越來越難吃了。那要怎麼做才能吃到好吃的米呢？最快的方法之一就是去第一流的壽司店。

到壽司店請師傅捏一個大飯糰，捏一個只有白飯的飯糰。

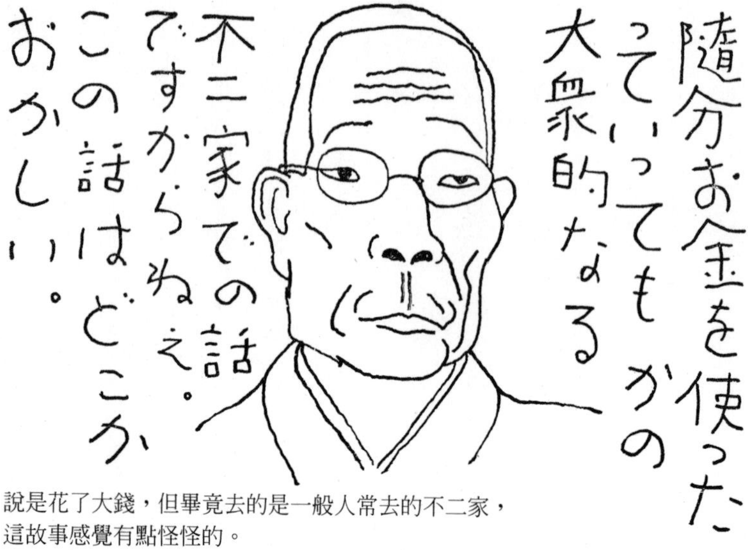
随分お金を使った
っていってもかの
大衆的なる
不二家での話
ですからねえ。
この話はどこか
おかしい。

說是花了大錢，但畢竟去的是一般人常去的不二家，
這故事感覺有點怪怪的。

說到壽司，當然要看上面放的食材是什麼；不過要是一開始用的米不好就沒救了。正常配給壽司店的米是營業用的三級米，店家當然不可能用那種米做生意。

我一直以為壽司店應該私下跟哪裡的農夫定了契約，但好像也沒有。大概是怕風險太大的關係吧。聽說是偷偷請米店送米來，品質不好的話就默默退回。對方再送來，這裡又退。長年的你來我往後，自然米店和壽司店建立了默契，不用明說也會送來店家認同的好米。

請店家用那種米煮出來的飯捏成飯糰。配菜是醃蘿蔔，就是在壽司店吃美食時，中間用來塞牙縫的醃蘿蔔。或是其他東西都吃膩了，就點海苔卷配醃蘿蔔。這些東西怎麼可能會不好吃呢？Can't be bad!

還有一種放在生魚片上的綠色海藻名為海髮（別名香港花），用來蘸山葵醬油也很不錯。入秋後烤烏賊腳的滋味也很棒。

別以為這些好吃的東西都很貴，其實便宜得嚇人。不對，與其說是便宜，不如說是壽司店不好跟客人算錢。

那又怎麼會變成「花了大錢」呢？因為一個跑到壽司店不吃壽司，只吃醃蘿蔔和烏賊腳的客人就是惹人厭的客人。說白了，那叫妨礙人家做生意！

所以為了能在店裡偶爾任性一番，平常起就絕對得當個好客人才行。

總之先實行三年計畫再說吧。三年過後才能到壽司店吃著飯糰時，一邊在心中喃喃自語：

「就為了這個，可是花了大錢呀！」

■宿醉蟲

宿醉是很麻煩的事，痛苦得讓人死去活來。可是仔細想想，又不是身上哪裡會痛；只

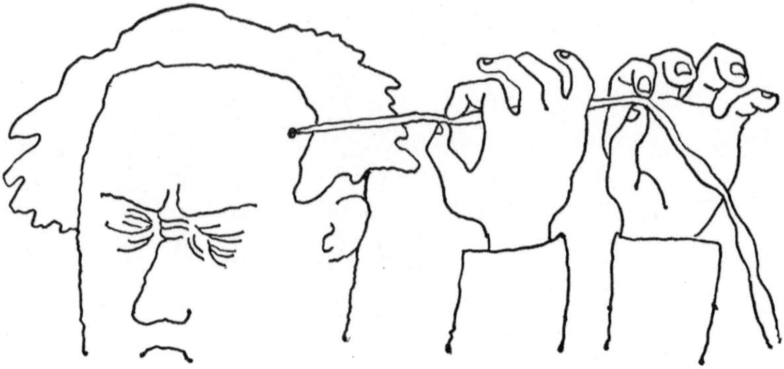

能說是彷彿從腦袋和內臟開始發酵，從身體裡面開始腐爛的一種莫名的不舒服感吧。

雖然是無可救藥的痛苦，但如果神明聽到「請從今天起讓宿醉在這個世界上消失」的祈禱也很困擾吧。別開玩笑了！我可不想不管喝再多的酒，隔天早上一睜開眼還能身心舒爽地一邊享受日光浴一邊做早操。那樣子喝酒的意義不就完全變調了嗎？所有酒鬼的心聲都是：那可不行！

可是我們宿醉時，痛苦之餘還是會想東想西。

「你知道宿醉嚴重時，太陽穴這裡會微微腫起來，而且很癢。因為癢所以會去抓，抓著抓著腫處就會被抓破吧。從那破口仔細往裡面看，好像有個條狀的東西。

啊哈！心想讓我給找到了吧。我用鑷子夾住那條狀物，輕輕拉扯出來。結果越拉越長，那東西不停地被拉扯出來。好像繩子一樣，也好像曬乾的蒲瓜條，總之不管怎麼拉扯就是拉扯不完。」

「哎喲，討厭！你別再說下去了。」

「不是，這個蒲瓜條還有股難聞的酒臭味。」

「不是叫你別說了，好髒呀！」

「當然會有酒臭味吧，因為那就是宿醉的真面目。總之我不停地拉扯這傢伙，沒錯，足足花了兩小時。這個蒲瓜條被拉出來約有五碗麵的分量，實在是令人難以置信的分量！」

「你是白痴、笨蛋，人家不知道啦。」

「腦袋整個都清空後，接下來我開始從剛才的破口灌水進去。然後抱著頭像這樣晃動，裡面發出嘩啦嘩啦的水聲，把腦袋裡面給好好清洗了一下。一共換了兩三次水仔細清洗。等酒臭味都洗去後，最後再用冰水清洗。感覺真是舒服，舒服極了。」

「……」

「你看我的太陽穴這裡應該沒有留下疤痕吧？」

■麥克的高麗菜

所謂的酒鬼總是不知道在什麼時間點會想吃什麼東西的。比方說凌晨四點多，發作式地吵著說要吃親子蓋飯。只要有一個人發難，肯定就會好幾個人附和說「親子蓋飯？不錯嘛，那我也要」。於是乎凌晨四點多突然產生了五碗親子蓋飯的需求，真是會找麻煩。

因此我家冰箱裡，雞肉、豬絞肉、培根、大量的雞蛋等成了絕對不可或缺的常備品。像是培根，只要煎得又焦又脆就是一道下酒小菜，十分方便好用。

只要有雞肉就能做親子蓋飯，也能做雞排飯。店家有的菜色也就能蒙混打發過去。豬絞肉搭配青菜、豆腐就能做出無數的中菜。對了，還要有一顆高麗菜，這也很重要。

我有一道拿手菜叫「麥克的高麗菜」，是跟一位名叫麥克的中國人學的。大概沒有比這道菜更簡單做的中國料理了。沒錯，只要五分鐘就能完成。

首先將高麗菜大致切一下。中式炒菜鍋開大火放進豬油。等豬油一化開便轉動鍋子讓油覆蓋整個鍋子。

接著放進一小撮切碎的大蒜和鹽巴。等到大蒜上色後丟進高麗菜，並加入大量現磨的黑胡椒。

一旦高麗菜開始被炒軟時，趕緊撒上少許的糖，加入少量的水，並蓋上鍋蓋。這時瓦斯的火轉中火，燜煮約一分鐘。待加進的水分完全收乾就完成了這道菜。

這麼簡單的菜卻賣得極好，做菜真是件奇妙的事！

■深夜訪客

我家的客人很多，一天來五到十人算是稀鬆平常。一個訪客都沒有的日子，總覺得有些坐立難安。於是有一陣子朋友來我家玩，我非得要留住他們，不讓他們太早回去。以致宴會往往延續至深夜。

到了凌晨三、四點才發現家中沒有食物的狀況，可說是悲劇。不對，應該說我覺得可能會是悲劇吧。因為擔心可能釀成悲劇，我一向都做好隨時能在三十分鐘內做出幾道料理的準備。

所謂的深夜訪客大概都是些酒鬼。這一點得先納入考量，其次就是很快就能做好的菜色。可以的話，最好是別太費功夫，也就是不麻煩的菜色。畢竟也不能把客人丟在一邊不管。所以有什麼菜是可以偶爾進廚房查看，其餘時間可以回客廳陪客人玩的呢？

當然有，而且還不少。以下舉個例子。

羅馬有道培根蛋麵（Spaghetti alla Carbonara），聽說河對岸的路邊攤做得特別好吃。在日本的話，大概就跟拉麵差不多吧。

義大利麵用大一點的鍋子和大量的熱水煮。因為義大利麵講究的是彈牙勁道，千萬不能煮得過熟。

培根切成小塊並煎至油脂釋出與焦香硬脆。將煎好的培根連同油脂倒進預熱過的大缽裡。打雞蛋，分量為每人一顆，並撒入大量的現磨黑胡椒。

以上是所有的準備工作，只待瞬間就能完成。迅速瀝乾義大利麵。將還冒著熱氣的麵條丟進裝有培根的缽中，淋上蛋汁後攪拌即可。

要留意蛋汁太少的話不容易凝結成碎塊。

吃的時後撒上帕馬森乾酪，分量要多到看不見義大利麵。這是羅馬勞工階級吃的食物。

■義大利麵後有伏兵

義大利麵和湯品同屬於前菜類。由於不能同時點兩道前菜，以致義大利菜的湯品成了不為人知的存在。畢竟人們到了義大利餐廳總是會點義大利麵吃呀。

其實義大利麵的背後藏有意外伏兵！那是名為Zuppa di verdura的蔬菜湯。我不是要各位到義大利餐廳點這道湯喝。本來義大利菜是義大利家常菜的延伸，不像法國菜和日本料理，店裡吃的東西和家裡吃的食物有很大差別。也就是說，只要想著在義大利餐廳吃到的菜色不過是百分之百複製出在自己家裡做的食物那就對了。

這道義式蔬菜湯可說是最典型的家常菜。因為用的都是蔬菜的殘餘。如果說不浪費食材是家常菜的著眼點之一，那就沒有其他菜色比這道湯品更符合家常菜的精神了。

首先將蔬菜切成小丁。蔬菜用的是普通的馬鈴薯、紅蘿蔔、洋蔥和洋芹。用湯鍋將切碎的培根炒香，再加入蔬菜丁拌炒，炒至蔬菜尚未變軟之前加入清水、鹽和胡椒，煮至湯汁變得濃稠。不過蔬菜丁不必煮至潰不成形，畢竟少了馬鈴薯、紅蘿蔔等丁塊在湯汁裡滾動的感覺就不好玩了。

雖然舉的例作法簡單到我都有些害臊了，但味道保證絕對好吃。吃時先撒上三到四大匙的帕馬森乾酪。這道湯品可熱食、冷食、當早餐吃，深夜酒喝膩時也可用來換個口味。也能做好放著備用，十分方便。

■列隊的中國白老鼠

頭一次在倫敦包餃子時颳起了一陣旋風。來我家食堂的七名常客，說得誇張點是感動得涕零流淚。因為倫敦沒有賣餃子的中國菜館。從此我包餃子的日子，這七個大男人一定上門，有時還幫忙外送至宴會。

七人小組將水餃稱之為「Chinese rat cake」。生水餃排列在廚房桌上的確給人「列隊的中國白老鼠」印象。

沒有比餃子更簡單卻又費功夫做的食物了。一整個下午毫不間斷地一直做，頂多包上百顆已經算是不錯。加上整個作業流程又很枯燥無聊。尤有甚者是百來顆水餃讓七、八個人群起而攻，幾乎瞬間就消滅殆盡。

我覺得包餃子跟修身養性很像，但我也只是說說而已。我們算是對做菜很講究的人，所以就算肉鋪有賣自稱是餃子皮卻跟煎餅沒兩樣的東西，開什麼玩笑，與其用那種東西包還不如別做算了。要是不能自己擀餃子皮，那麼一開始就別說要自己包餃子吧！

我有個很愛吃餃子的朋友，他認為餃子的道地吃法就是水煮。下水餃的方法是水餃下鍋直到鍋裡的熱水煮開冒泡到快要溢出來的瞬間，趕緊兌半杯冷水進去。等到再次煮開時，按照浮起來的順序用金屬漏勺將水餃一一撈起。也就是運用跟吃湯豆腐一樣的技巧。

日前我又去他家玩，說是今天沒錢所以要做下層階級吃的韭菜水餃。餃子皮是放在洗臉盆裡讓家裡的男孩、女孩輪流用腳踩揉製出來的。

■山姆的砂鍋

三年前赴美，一邊打工洗碗一邊讀書的年輕朋友寫信給我。信中提到「好想快點跟大家見面、好想回東京。好想吃鯛魚鍋呀」。置身遙遠的異國，不知是山姆還是查理的膚淺外國名字已被叫熟的現在，他依然懷念火爐上冒著熱氣的砂鍋，鯛魚、白菜、柚子醋等香味彷彿歷歷在目。雖說事不關己卻也不勝唏噓。

這麼說來，又將是砂鍋的季節。每到冬天非常羨慕有的家庭能拿出日久月深的陳年砂鍋，感覺很是風雅。彷彿能感受到那戶人家飲食生活的年輪軌跡。我們年輕人的家庭隨時拿出來的砂鍋都顯新，雖然多說無益，但就是讓人食慾頓時消了一半。

我一向是到京都買砂鍋。現在持有的六個砂鍋輪流上場，盡可能平均使用，以致用舊的速度極其緩慢。這些砂鍋都是跟京都的窯場買的。直接跟窯場買，砂鍋之類的東西都很便宜。

比方說直徑二十公分、二十五公分、三十公分的砂鍋分別要價一百八十、三百、五百日圓。「所以說三個是一千元嘍。」我拿出一張千元大鈔，只見對方笑也不笑地回說「不用，共是九百八十元」並退回二十元的零錢。

窯場的人告訴我新砂鍋的使用注意事項：使用前在鍋底塗上墨汁。開火時，外側絕對不能是濕的。在用上手前不可以直接放在瓦斯爐上煮。這對日常生活已跟火爐、火炭絕緣的現代人或許是有點困難的要求吧，不過我今年仍打算再買三個新砂鍋。為了對在美國苦讀的「山姆」聊表一下心意，打算要將砂鍋用得更顯舊些。

■廚師就該邊收拾邊做事

說起我開始做菜的動機，其實很愚蠢。且聽我娓娓道來。

兩年前我們夫妻倆來到倫敦住了半年。在漢普斯特德租屋開始自炊的生活。單身的房東很會煮法國菜，喜歡讓別人品嘗自己的手藝。害得我太太也變本加厲成為做菜狂。

於是我斜躺在起居室的沙發上閱讀子母澤寬寫的《味覺極樂》（這是我出國時必帶的書籍。在倫敦、羅馬和巴黎，不知已讀過好幾十遍）時，這居家二人組卻躲在廚房裡認真地翻閱拉魯斯（Pierre Larousse）的《法國菜大全》，時而發出熱切的討論聲。突然間一人跑出廚房辦事，然後另一人出門去買東西。一陣忙亂之餘，傳來了切菜聲、東西煮沸的聲音，同時也飄出超乎預期的香味。正當我覺得廚房裡的動態變得有點不太對勁時，隨著高亢的號角聲響起（當然只存在於廚師的心中），一道今日特別菜色就默默出現在我面前。這樣的戲碼每天在我面前演出。

今日特別菜色有時是「小羔羊排佐蘋果醬汁」，有時是「香烤鴨胸佐柳橙」，另外有時是「罐燒紅酒燴牛肉」「希臘風味涼拌洋菇」或是「小黃瓜冷湯」。這道小黃瓜冷湯，我在日本從沒見過。乍看之下只是類似優格加了小黃瓜的白色冷湯，卻有種說不出來的奧妙滋味。一下子就能吃完，但製作方法十分複雜，得花上一整天的工夫。

儘管每天都如此大費周章，唯有一點讓我很不滿意。那就是他們做完菜後的廚房髒亂成一片，連想找個站的地方都沒有。

所有的鍋具、盤子、碗缽、湯匙、菜刀、抹布、調味料，用剩的蔬菜、肉塊、蛋殼等如同屍橫遍野般占據了廚房的所有空間，讓我實在看不下去。沒辦法，我只好以身作則，讓他們瞧瞧一個真正的好廚師就應該一邊收拾一邊做事。

於是我有生以來第一次拿起了菜刀。永誌難忘做的第一道菜是咖哩飯。只要翻閱食譜，還真是方便。書上寫著：「先將洋蔥切成如紙般的薄片，用大量的奶油以小火慢炒。

待洋蔥炒成金黃色後撈起，鋪在紙巾上吸油。兩、三分鐘後洋蔥會變得酥脆，用湯匙背面將洋蔥壓成粉末。此洋蔥粉將成為咖哩粉的顏色和香氣的基底」。照著去做，果然也做成了。接著炒雞肉塊和馬鈴薯，炒紅蘿蔔，依序加入辣椒粉、鹽巴少許、咖哩粉。同時熬煮雞湯，將高湯倒進炒過的食材中，連同洋蔥粉一起燉煮。哎呀，還滿好玩的嘛。番茄用布巾壓碎，作為酸味的來源。用瓶裝的芒果糊增添甜味，最後擠進一點檸檬汁收尾。書中毫不吝惜地寫出所有製作步驟，只要按部就班去做就能有所成果，我實在太驚訝了。

做菜之餘我還不忘收拾善後。畢竟這才是主要目的。總之身邊隨時都要保持整齊清潔。因為髒東西會加速度增加，一旦開始囤積就完蛋了，你會追趕不上的！

就這樣我做菜的第一天除了做出至今吃過最美味的雞肉咖哩飯，同時還交出一個整理得亮晶晶的乾淨廚房，真可謂是好事成雙。凡事開頭最重要，只要養成好習慣就不容忘記。如今妻子只要一把廚房弄髒弄亂，就是等著我掌廚的時候。

■筷子上的汙漬

學生時期曾經努力練習用左手拿筷子。越來越熟練後，除了白飯外，連味噌湯中的半熟蛋也挾得起來。最後甚至連整隻的鹽烤魚也能挑起魚肉和去除魚刺。

如今回想，自己也不懂當初究竟為何會那麼熱衷於這種事呢？每天放學路上買煮好的黑豆回去，練習用左手拿筷子一顆一顆挾起來吃（也就是勤於練好「基本功」）。大概是因為宿舍的飯菜很難吃的關係，所以想從其他方面尋求吃的慰藉吧。如今回想，還有沉迷於其他事物的記憶。

標題忘了，只記得應該是作家石川淳的小說。主人翁在類似閣樓的房間裡安靜無聲地迅速用完早餐。看著他吃飯的女人開口說：啊，你是我們的夥伴。能夠安靜無聲迅速用餐的人不是小偷就是貴族。

這段話深深烙印在我的心中。也許上述的記憶在我心中已經走樣了也未可知，但我就是不想去找原始出處。唯一確定的是從那之後「無聲」成了我用餐美學的一大鐵則，也讓我出國時有所助益。看來就算是劣等生也有劣等生獨自吸收文學的方式。

長年以來，我始終很在意作家子母澤寬在《味覺極樂》中有關小笠原長生[1]說的那段話。

「從前我們家第幾代的祖先到京都出公差，受到宮中招待用餐。一群十分講究禮儀的

[1] 小笠原長生：一八六七—一九五八，佐賀縣貴族出身的海軍中將。小笠原流以重視禮儀而聞名。

王公大臣們躲在紙門後想一睹小笠原流一族如何用餐。小笠原當下已有所察覺，先是打開湯碗和菜碗的蓋，然後直接將湯汁淋在飯上，將菜碗裡的菜倒在飯上，再將醬菜也倒在飯上，最後唏哩呼嚕扒進嘴裡。當場嚇壞了那一群王公大臣，頻頻冷笑心想：說什麼小笠原家族的人，那種吃相連村夫野人都不如。不料廚房撤回餐具清洗筷子時才大吃一驚。儘管他的吃相那麼粗魯，筷子前端卻只弄髒了兩分。」兩分相當於今天的六公釐。

每一次吃茶泡飯、納豆時，我大約會弄髒五公分，仔細看著沾上海苔殘渣的筷子，不禁想起小笠原流的神祕。同時也對王公大臣的細心感到佩服，居然能留意到只弄髒兩分的筷子。

■主人的禮儀

旅居倫敦時經常和中國友人上中華菜館。我這朋友有個怪毛病，每當第一道菜上桌要分食時，他一定會把菜打翻弄髒桌巾。他相信吃中菜時故意弄髒桌巾是身為主人的禮儀。

本來中國菜就該是輕鬆愉快享用的料理。為了注重禮儀只怕很難樂在其中吧。為了純淨潔白的桌巾而緊張兮兮，完全是浪費精神的行為。與其有那種閒工夫，還不如用來品味美食。所以說各位，他老兄就是基於以上理由，故意將煮成深褐色的菜汁給打翻了。

以日本人的感覺來說，這種行為似乎太過；但中國菜確實存在著這種精神。翻閱用餐禮儀的書也寫著：「吃中國菜不太講究嚴格禮數。當大家都用完餐時，能讓嬰兒爬上桌玩是可以被接受的亂象」。

因此吃中國菜的禮儀可以大而化之看待，但日本人在吃中國菜時有個不可思議的現象。

基於中國菜的目的之一要讓大家吃到一定分量的食物享受吃飽的快感，於是大口暢飲的啤酒便不太洽當。吃中國菜就是要喝老酒，而且最好是上等的紹興酒。

結果我們居然在老酒裡加了冰糖喝。如果是女人小孩這麼做就算了，連一般的大老爺們也這麼做，我就實在無法理解了。

當然中國也沒有這種習慣，想來是看到日本的口味偏甜，利慾薰心的中國商人所發明的喝法吧。不料現在已形成了一種習慣，彷彿不知道要加冰糖的人就是沒見過世面一樣。

不應該是這樣才對。我覺得在日本酒變得越來越甜的今天，更應該要好好珍惜口味絕對不甜的老酒存在。

■荷包蛋的正確吃法

荷包蛋是很難進食的一道菜。不知道正式吃法為何？我還沒見過對如何吃荷包蛋充滿信心的人。

首先怎麼看都不像正式吃法之一是從蛋白開始吃起。先從周遭的蛋白切開來吃，最後只剩下一顆圓圓的蛋黃。再用右手抓著叉子小心翼翼地將蛋黃送進嘴裡。這種吃法反而讓旁觀的人看得心裡七上八下。第一用右手拿叉子這一點就讓人覺得很奇怪。還有刻意把蛋黃留到最後，不就跟小孩子把好吃的留到最後才吃一樣嗎？不禁讓人覺得這個人還未脫離小時候吃荷包蛋時將蛋黃留到最後享用的習性！

我有朋友認為：正因為好吃，就應該趁肚子最餓時吃掉。這種吃法一看就知道是旁門左道。一看到荷包蛋就將嘴巴靠近盤子開始吸食中間的蛋黃，這種吃相豈能容許出現在人前呢！

於是乎只剩下一種方法。含淚將珍重的蛋黃給破壞掉的方法。也就是拿流瀉而出的蛋黃當成蛋白的醬汁一起吃掉的方法。這種方法比較穩健、比較符合常識，味覺上也不錯；但就是少了一點趣味，且吃完後盤子上會沾滿蛋黃，往往看不下去就會想拿麵包把它擦乾淨。實際上這種吃法有點浪費，不能算是完美的方法。

我那個朋友最近似乎想到了新的吃法，將蛋白摺疊起來蓋住蛋黃，然後一口吃下整顆荷包蛋。我覺得應該也不太值得期待。總之荷包蛋就是那麼難以進食的食物。

是否提供我的方法作為參考呢？這是充滿知識分子派頭的吃法，也就是說，最好能一邊侃侃而談這篇文章的內容一邊表演。

「所以說有的人會像這樣先從蛋白吃起，我覺得不太好。會像這樣只剩下蛋黃，最後再慎重其事地吃掉。你們看，就像這樣！」

■撿來的魚做成的湯

日本能吃到馬賽魚湯（Bouillabaisse）的餐廳變多了。由於這道湯品在大部分的法國餐廳都擺在菜單上最顯眼的位置，不免讓人以為是最具代表性的法國菜。

馬賽魚湯顧名思義是馬賽的地方菜色。簡單來說就是使用各種魚煮出來的湯。因為加了番紅花，所以呈現偏紅的橘色。

既然用的是魚，自然認為魚貨一向很新鮮的日本應該也能做得好這道湯品，但感覺就是有些微妙的不同。在日本吃的馬賽魚湯因為太過新鮮乾淨，感覺實在不像是在吃馬賽魚湯。

我不是說難吃。味道當然也很可口，但吃起來就像是跟馬賽魚湯不同的食物。只能說是西式的海鮮鍋吧。

問了知道內情的人才明白，原來日本的馬賽魚湯少了絕對必要的魚。馬賽魚湯用了許多海鮮，有對剖成半的龍蝦、貽貝（日本人看不上貽貝改用蛤蜊，使得味道更加高級）和各種的白肉魚，此外還需要類似牛尾魚或魴鮄的臭魚。少了這一味就不能算是馬賽魚湯。

基本上不能用鄙夷的眼光來看馬賽魚湯起源於馬賽漁港的事實。照理說交易完後的港口不是會有各種魚掉在地上嗎？馬賽的主婦們撿走後切成大塊丟進湯鍋中煮。其中不乏壞掉的魚，為了去除魚腥味只好加入大量的番紅花。我猜想應該是這麼一回事吧。不對，肯定就是這麼一回事。錯不了的。

■西班牙的什錦燒

又到了馬鈴薯好吃的季節。

說到馬鈴薯，讓我想起西班牙的馬鈴薯蛋餅（Tortilla）。西班牙菜比起其他西方國家菜色多了一種項目。也就是在魚和肉之前，還有一種雞蛋類的前菜，蛋類菜色的代表就是馬鈴薯蛋餅。Tortilla的原意就是蛋餅，西班牙人通常會加入馬鈴薯一起煎成蛋餅。

馬鈴薯切成丁或長條或薄片都行，先用奶油稍微炒過作為蛋餅裡的配料。可以像煎普通蛋餅一樣將馬鈴薯放進鍋中的蛋液中。也可以先將雞蛋和馬鈴薯攪拌後再像煎什錦燒一樣煎成蛋餅。如果以什錦燒的方式煎，蛋餅表面會露出些許的馬鈴薯焦痕。

這道菜很好吃。明明只是使用雞蛋、奶油和馬鈴薯三種可說是做菜的基本元素，但人們往往很容易忽略這種組合。

提到西班牙菜當然也少不得要介紹一下飲料。西班牙特有的飲料就是桑格利亞酒（sangría）。我猜想sangría的語源是sangre（血），顧名思義就是紅葡萄酒的潘趣。

使用便宜的葡萄酒即可。直接倒進水瓶裡，擠進大量的檸檬汁或柳橙汁。可以兌入薑汁啤酒，也有人用可樂。適度調淡後，再用少量的白蘭地酒提味。加入冰塊冰鎮，最後再切進幾片的柳橙漂浮於瓶口送上餐桌。因為容易入喉也很適合女性。可說是最適合宴會的飲料，尤其是搭配馬鈴薯蛋餅，豈不是感覺很土氣，卻又充滿樸實的西班牙情趣呢？

■變硬的起司

瑞士火鍋（Fondue）似乎已逐漸普及。在日本提到瑞士火鍋，感覺上還是以牛肉油炸鍋為主流，起司火鍋還不是很流行。然而在瑞士提到火鍋，就一定指的是起司火鍋。以下稍微說明起司火鍋的種種。

起司用的當然是瑞士起司，而且適用格呂耶爾（Gruyere）、艾曼塔（Emmental）等又硬又大塊的起司。至於葛呂耶和艾瑪塔混合的比率為何，眾說紛紜難有定論。總之起司火鍋的基本作法如下：

先將大蒜塗抹在砂鍋底部後開火，加入白葡萄酒煮沸。然後放進刨碎的起司，攪拌至起司完全融化為止，接著放進各種香料、櫻桃利口酒（Kirsch）等調味。

原則上是在沸騰狀態下食用。吃時使用長叉的前端串起一小片麵包，沾上起司後送進嘴裡。習俗規定要是麵包一不小心掉進鍋裡，那個人就得請大家喝一杯酒。

起司火鍋是嚴寒地帶最佳的冬季食物，幸好日本還不太普及。之所以用幸好一詞，是因為日本人不管吃哪一國菜都一定要喝啤酒。問題是有人大口吃了起司鍋又猛灌啤酒，結果暴斃死了。

也就是說，因為冰涼的啤酒使得吃進肚裡的起司又再凝結成團。瑞士火鍋店擺的是吃起司火鍋時該喝的葡萄酒，人們卻視而不見。

據說美國人就深受其苦。

■逝去的夏日時光

天氣變冷了。又到了倫敦讓人懷念的季節。此一時節的倫敦每天中午起會下一個小時的霧雨。人們會穿上墨綠色、褐色、灰色的毛料厚外套，不撐傘地漫步在雨中吧。

然後在難得放晴的日子裡，大家會圍坐在小小庭院裡任憑日曬雨淋的大理石桌前，在柔和的陽光下吃著羊排、番茄沙拉、燻鮭魚、黑麥麵包，回憶逝去的夏日時光。

說到夏日戶外的野餐，眼前不禁浮現出「玫瑰酒」（Rosé）。葡萄酒除了白酒和紅酒，還有呈現粉紅色的玫瑰酒，英文稱為Pink wine。長期以來我一直以為玫瑰酒是混合紅、白兩種葡萄酒而成的，其實不然。雖然也有那種玫瑰酒，但絕大部分不是。

釀造紅葡萄酒時，會將葡萄放進木桶中榨汁。此時榨剩的殘渣若繼續殘留在葡萄汁中，剛榨好的透明葡萄汁很快就會變成紅色。

換句話說，玫瑰酒是釀製紅葡萄酒的過程中，從先前榨剩的殘渣中萃取而成的葡萄酒。

一般常說幾十年前的葡萄酒，大概指的都是紅葡萄酒。因為製造那種紅色的物質得經過長年歲月的熟成才能產生作用。因為僅含有少量該物質的玫瑰酒和白酒，不具備需要長期釀造的性質，所以玫瑰酒和白酒喝比較年輕的即可。

話題有些扯遠了。總之年輕、清淡、顏色漂亮的葡萄酒就是玫瑰酒，也是可以輕鬆暢飲的酒。一邊享受日光浴，坐在草原、海邊野餐時，沒有比這種酒更合適的飲料了。和白酒一樣，通常冰鎮後才喝。

說起玫瑰酒的方便之處，在餐廳點紅、白各一瓶的葡萄酒會造成量和經濟面的負擔時，改點一瓶玫瑰酒則剛好兩者兼具。深夜的雙人晚餐，當對方說不會喝酒時，不妨請對方試試這種酒。感覺會像是發現了一個沒有負擔的好朋友一樣。

■生米煮飯

旅居歐洲時，買米是一件很麻煩的事。在歐洲被視為上等的米，就是日本被稱為進口米的長米，日本的圓米多半被列為最下等。

雖說只要買最便宜的米就不會錯，可惜這種米的性質很容易變乾。做成什錦壽司飯放上三個小時，口感立刻就變得乾巴巴的難以入口。

通常西餐用的米飯是直接將米拿去水煮。有一天英國朋友在廚房開伙燒熱水。看到我走過來，他說今天我要煮飯給你吃。不久後只見他將米直接丟進煮開的熱水中。日本可沒有這種煮法。只有寺廟一次要煮好幾斗的米才會用到「湯炊」法，但那畢竟限於煮給許多人吃的場合呀。

日本家庭如果用這種方式煮飯，只怕馬上就會被抓去蓋布袋打吧。可是人世間還真是神奇，他用那種簡單粗魯的方法煮出來的飯卻也一樣鬆軟好吃得沒話說。

本來用於西餐時，這種煮好的飯得用水洗去黏稠感。米的包裝袋上寫有這樣的說明。根據我的經驗，中國人比較喜歡吃不黏的米飯。我遇過好幾個中國人都說：日本式的濕黏米飯還真是吃不慣。

順帶一提的是，用於咖哩的白飯，最好是煮得鬆軟且又粒粒分明。所以我為咖哩煮飯時，會加入少許的橄欖油一起煮。如此一來飯粒會包上一層橄欖油的薄膜，煮得鬆軟又不會黏在一起。有的人會在淘洗米的階段就放油，不知效果如何？

■鍋巴

近年來都市小孩已不知道鍋巴是什麼。與其說是沒吃過，根本連鍋巴的存在都不知道。

拜電鍋之賜，如今煮飯沒有好不好的問題。既不會把飯煮壞，同時也沒了煮得極好的情況，感覺有些失落。

我們小時候學校要去遠足時，午餐都是用飯盒煮的。三、四個人成一組，在河邊用石頭堆成灶，架好樹枝，把飯盒排在上面點火開始煮。盒蓋上面一定得壓石頭。聽聲音就知道飯煮好了沒。儘管煙燻得眼睛有些刺痛，還是得拿樹枝把石頭撥開，敲一下盒蓋。聲音結實就代表飯煮好了。將煮好的飯盒從火上移開後，暫時得先倒過來放著才行，大概是為了讓飯盒從上到下都被蒸熟吧。這是全日本每個人都知道的秘訣。

飯煮好了。能夠成功煮出白飯沒有鍋巴的人一臉得意。煮出鍋巴，之後可做成茶泡飯吃的人也一臉得意。就連煮成黑色鍋巴的傢伙也是一臉得意地拿給大家看。

不過就算周邊是黑色鍋巴，中間還是鬆軟的白飯。這就是飯盒不可思議的地方。可說是百發百中！

秋高氣爽的日子，河水粼粼發光，紅蜻蜓飛來飛去。有些同學不知道是從哪裡、如何走過去到對岸的岩石上吃飯盒。每個小孩子的心中都在想「從沒吃過這麼好吃的白飯」。

單就米飯而言，現在的小孩子很不幸。畢竟白飯就算是用瓦斯，也希望能用傳統飯鍋煮。也還是很想聽到這樣的故事：母親生病了，但因兒子太郎很努力地幫忙煮了一鍋飯倍感欣慰，雖然煮出了一大堆鍋巴。

■黑豆的正確煮法

吃過黑豆嗎？黑豆應該煮成什麼樣才對呢？新春時節到別人家吃到的黑豆，顏色烏黑，表面好像泡了長澡的手指頭一樣起皺，而且還很硬咬不動。

煮得好的黑豆，顏色應該微微泛紫，而且柔軟好吃到輕輕用舌頭一壓就自然化開。

關於黑豆的正確煮法有各種說法。現在我要敘述的是京都旅館的作法，其實並不困難。只要肯花兩天認真以待，就能做出日本第一的黑豆，所以讀者們！請不辭辛勞試試看吧。

以下是第一天的流程。

首先是黑豆。最好能請京都的熟人訂購丹波黑豆。丹波就連紅豆也生產，被稱為是「丹波大納言」的最高級品。黑豆當然也是，不過也有人說北海道的黑豆最好。後者東京也比較容易買得到吧。一旦決定明天要煮黑豆，睡前就得先將黑豆泡水，隔天早起時換過清水後開始煮。這是自古相傳的流程。

黑豆——

一、用三倍的水煮。

二、只能用鐵鍋煮。

一開始用大火，水開後轉成小火煮上一整天。

三、煮的時候千萬不要翻動黑豆，因此有人會壓上小鍋蓋煮。一天換三次熱水。換熱水時請先預備好需要的熱水量。

四、盡可能迅速換好熱水。

也就是說，倒掉熱水的瞬間便換上預備好的新熱水。因為煮的時候水分會減少，換的時候要回到原來的三倍水量。煮一天後，取出一顆黑豆用牙咬住，用舌尖頂看看。如果柔軟化開就表示煮透了。據說專家會往牆壁上丟判斷是否煮透。如沒煮透就先熄火，隔天早上再開火。

進入第二天。

如果黑豆煮透軟到能夠用舌尖化開，鍋中湯汁只要留比蓋過豆子表面再多一點的分量即可。

然後加入砂糖繼續再煮。砂糖的分量以市售的塑膠袋一包為基準的話，七五〇克的黑豆放一包砂糖。

一包砂糖分三次放。也就是先放三分之一包，稍微蓋過黑豆的湯汁，照理說水位會有所提高吧。等到又收乾至原來稍微蓋過湯汁的水位，再加入三分之一包的砂糖。同樣做法直到收乾至原來水位，再放入最後的三分之一包砂糖。

放砂糖時最重要的是，放完砂糖後「千萬不能攪拌」黑豆。因為黑豆皮現在正是容易破的狀態，特別需要細心照顧。

還有一項重點是，放完砂糖後要拿開鐵鍋蓋，改蓋上和紙。這叫「紙蓋」，是去除砂糖浮沫的巧妙絕招。

就這樣所有的砂糖都加入並煮至收乾後，將鍋子從火上移開放涼。說是放涼但也不可直接放進冰箱，最好還是在自然狀態下靜置到完全冷卻為止。

完全變涼後才加入約三分之一杯的淡醬油。

奮鬥兩天的結果，完成了正確版的黑豆；但是老天無情，這些黑豆的保存期限絕對不超過三天。

必須不厭其煩地花兩天工夫煮黑豆，而且完成後只能保存三天。這應該就是存在於做菜的一股帥勁吧？

■打媳棒

我小時候還有摘春草的雜務要做。結著薄冰的二月清晨得穿過田地到小溪旁摘芹菜。我母親說芹菜到了四月會有水蛭產卵，絕對不能摘來吃。吃了有水蛭卵的芹菜，水蛭會在肚子裡孵化成蟲吸人的血。我想母親應該是真的相信此一傳說吧。

芹菜、野菊菜、天氣稍微變暖後的艾草、問荊芽、蜂斗菜。不過再怎麼說，春天的山

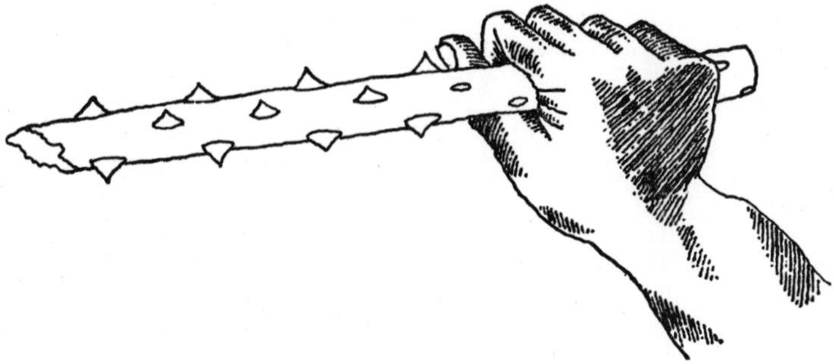

珍之王非楤木芽莫屬吧。漢字寫成楤，讀音是tara。住在都會的人知道楤木芽的怕也不多吧。自古以來楤木芽就被視為春天的山珍之一。

楤木是一種高兩、三公尺，渾身光禿禿只有白色枝幹直立的灌木。枝幹表面長滿了突刺。關西一帶給它起了「打媳棒」的別名。被那種長滿刺的樹枝打，為人媳婦的肯定吃不消吧。

楤木幹和枝頭到了春天會發出嫩芽。小的約拇指頭大，大的可以是小的三、四倍大吧。楤木芽就是山珍，可以裹粉油炸，做成涼拌也很好吃。

日前我和朋友們一起去摘春草。摘春草很有趣。乍看很都會氣息的男人沒想到竟是摘春草的天才；而看起來很熱心摘草的人其實是為了掩飾毫無興趣的本心，怕造成其他人的尷尬。

話又說回來，當天晚上的菜色真是豪華豐盛！楤木芽天婦羅、楤木芽涼拌、燙野菊菜、蜂斗菜炒蛋，好一頓山珍大餐！

眼看著楤木芽、野菊菜、蜂斗菜消失殆盡。

吃得心滿意足之餘才猛然發覺，難得祭出山珍饗客，卻有個女子一臉無精打采地吃著自己帶來的壽司便當。

「我這個人其實不太敢吃味道太強的東西。」她說。

因為她最近即將和我的朋友結婚。我原先還暗自決定要趁這個機會送她一根手臂長的「打媳棒」當禮物哩。

■蝨子的滋味

剛好有個試吃現成年菜的機會。因為我喜歡喝酒，所以先從口味看起來最不甜的菜色下手。一開始吃的是昆布卷，才咬一口，比糖水還要甜上百倍的汁液立刻塞滿嘴裡，讓我當場腿軟。

總之這種甜度非比尋常！包含黑豆、小魚乾、萬兩卷、魚板蛋卷——每一樣都是從頭到尾的甜。吃起來的味道都一樣，因為都是甜到無極限。實在是太甜了，我不禁懷疑自己的舌頭是否已經腐爛、變色，甚至整個斷掉。

據說食物味道越來越偏甜，人們喜好追求甜味。酒變甜了、蕎麥麵的蘸醬變甜了、紅燒菜的調味變甜了。究竟是怎麼一回事呢？

有人說是因為戰爭的關係。戰時無法自由取得砂糖造成的反動，同樣情形也發生在明治維新時期的鹿兒島。當時鹿兒島的農民生產砂糖，砂糖都上繳給政府，農民一口都吃不到。於是發起抗爭才得以自由買賣，農民也爭相開始使用砂糖。所以至今鹿兒島的菜色總是偏甜。聽起來很合理，應該是真的沒錯，但我還是覺得有些地方無法釋然。

順帶一提的是，甜的東西難道真的比較低級嗎？這一點也很模稜兩可。世上本來就有又甜又好吃的食物，所以說甜本身並非罪過，問題在於使用方式。

也就是說，能夠讓東西本身的味道、東西本身帶來的自然微甜得以發揮的就是高級；刻意抹煞原味的使用方式，不管是甜還是鹹都叫做低級吧？

有個名叫西丸震哉的人，身上隨時都帶著味道試紙調查人們的味覺。根據他的研究，文明未開化的人對於甜味比敏感，對於苦味比較遲鈍。文明人則是比起甜味，對於苦味更加敏感。

有一次西丸前去調查台灣的原住民味覺，發現果然還是對甜味反應較強，對苦味則否。因為結果一如預期，西丸改拿出沒有味道的試紙給原住民試。

原住民嚐了一口，眼睛立刻為之一亮，大叫說：「啊！這是蝨子的味道！」

■小笹壽司的決鬥

到壽司店通常會先吃什麼呢？關於這一點自古以來意見分歧。有的人主張「從鮪魚肚開始，也以鮪魚肚結束」。也有人強調「不對，享用壽司的正軌當然要從醋醃的食材吃起吧。鮪魚肚的好壞，不過是看是否使用了好的食材。要看壽司店的特色如何當然得從醋醃的滋味判斷，所以應該從斑鯽吃起。」

自以為饕客的人會從玉子燒（煎蛋卷）吃起。各位或許知道壽司店的煎蛋卷是用仔細過篩的蝦泥和大和芋調味。這種調味醬名為「生身」，蛋卷是用加了生身的蛋液煎出來的。好的店家當然會自製生身。因為製作生身很費功夫。就是因為很費功夫，才能看出師傅的好手藝，所以一到壽司店就點「玉子燒」的客人，對壽司店而言算是嘴刁的客人。我猜那名饕客應該是這麼想的吧。

「很可怕吧？這種客人。」我問壽司師傅。

「一點也不可怕。要想嚇壽司店的話，應該走進店裡後把櫃檯上陳列的所有食材都看過一遍，然後什麼也沒吃地走出店門。」

的確這麼做一定會惹得壽司店很不愉快吧，也沒有客人敢那麼做。據說現在的客人已變得比較乖了。

從前有用牙籤吃壽司的客人。如果壽司捏得不夠扎實，牙籤一刺就會四分五裂。這個客人點了蛤蜊壽司。蛤蜊得先燙過再沾上味道較淡的醬汁，因此會讓底下的壽司飯糰更容易散開。正當師傅打算擰乾蛤蜊的醬汁時，那個客人制止說：

「慢點。幹麼擰乾蛤蜊？直接就那樣子捏吧。」

師傅沒辦法，只好用比平常多出好幾倍的力道捏緊飯糰。再將沾滿醬汁的蛤蜊壓在捏得又硬又緊的飯糰上。然後以電光石火般的速度放在客人面前，接下來便露出事不關己的表情。

在這種情況下，師傅的責任只到上完菜為止。之後用黑文字木做的牙籤要怎麼吃就看這個客人的本事了。這個故事我是聽小笹壽司的緒方師傅說的。

■菜刀的正確拿法

大部分家庭的砧板中間都是凹下去的。因為凹下去了，會讓菜刀和砧板之間產生空隙。在切蕎麥麵需要的蔥花等佐料時，不管使出多大的力道，下方的外皮總是切不斷。所以切完後拿起來一看，整條還是連在一起。

然而如果觀察日本料理店的砧板，多半跟一般家庭相反、略呈圓弧的魚板形，是兩側比較低凹。

我心想：原來如此，果真是比較方便。為了好用起見，故意將兩側削薄的吧。直到聽了辻留師傅的說明才知道錯了。

「不是那樣子的。家庭用的砧板之所以中間會凹下去，是因為主婦們拿菜刀的方式不對。喂！拿砧板和菜刀過來。所謂的菜刀，你看，像這樣是有重心的。所以抓住重心所在會最省力吧。可是呢家庭主婦卻是抓住刀柄末端，用刀刃的前端切菜不是嗎？那樣是不對的。菜刀得這樣子拿才行。」

看到辻留師傅的確是握在菜刀的重心所在，感覺很有說服力。

如此一來就能充分運用到砧板的兩側，突然也能看出用舊成了魚板形的道理。

「尤其是切生魚片時，得百分之百用到重心處到最前端的這道弧度。只要用刀刃的尾端切東西，抓著菜刀的手就一定會跑到砧板外面。手放在砧板上面，像這樣將菜刀往自己的方向拉過來時，手指就會卡到，變成這樣。所以生魚片要像這樣放在砧板靠近身體的這一側，切的時候抓著菜刀的手要懸在砧板之外。像這樣輕輕滑過去，看到了吧？

「這把刀的曲線很美吧。沒有從頭到尾好好運用這道曲線就太可惜了。看吧，像這樣輕輕滑過一刀切開的生魚片，細胞都沒有被破壞到，還是活的。你看看，切口很漂亮吧。沒錯！就是要這樣才好吃。」

接下來是毫不相關的話題。我有個喜歡

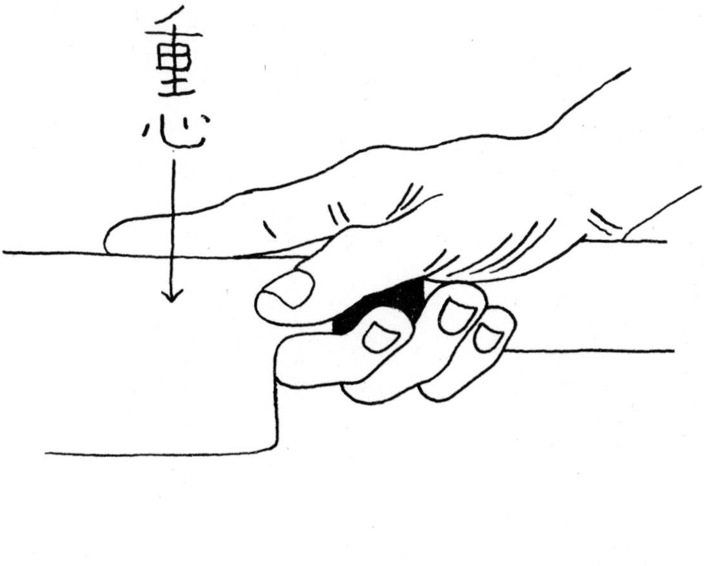

吃陶瓷和玻璃碎片的朋友。他說吃玻璃的秘訣就是嘴巴閉緊、仔細咀嚼。

自古以來就有吃玻璃、吃剃刀、吞好幾十根針的表演，我每次看了都寒毛直豎。真是很不健康的表演！

可是有些我們一般人嘻笑視之的表演，卻觸犯了廚師的感受，讓他們絕對無法忍受。電影中經常可見「擲派大戰」的橋段就是其一。幾十個在空中穿梭飛舞的奶油派，一打中臉就四濺迸射的鮮奶油……

小笹壽司的緒方師傅說他實在看不下去那種擲派大戰。任何人都沒有權力像那樣浪費食物！每一次看到擲派大戰，緒方師傅就氣得渾身顫抖。

聽到他這麼說時，我不禁感覺有些毛骨悚然。

「說得也是。」只能如此回應後久久一語不發。

緒方師傅又開始靜靜地面對著砧板。抓著菜刀的手一如辻留師傅所說緊緊握住重心所在，從頭到尾用刀刃輕輕滑過鰤魚切出一片魚肉。

■毛衣穿搭術

根據內田百閒的隨筆，牛肉有分貴的和便宜的，也有分好吃的和難吃的，還有分硬的和軟的，相互之間並無關係。也就是說有價格昂貴、好吃、柔軟的牛肉，也有貴的柔軟牛肉但不好吃。而硬但便宜又好吃的牛肉也是存在的。

如果此一論調套用於女人的毛衣，那麼女人的毛衣有分好的和壞的，也有分貴的和便宜的，還有式樣簡單的和裝飾繁複的，彼此之間也沒有關係。我很想這麼說，但是不可以。

我可以肆無忌憚地斷言，好的毛衣百分之九十九都很昂貴且款式基本。便宜又裝飾繁複的毛衣則絕對不會有好東西。

說得更具體點，毛衣僅限於喀什米爾和雪特蘭羊毛。至於款式就是很普通的圓領、開襟、V領和高領。

胸口有繡花或用珠花圖樣裝飾的毛衣是給美感上的窮人穿的，因此看到穿這種毛衣的女人，即便要我拿著三公尺長的棍子碰觸對方我也不願（不過我現在說的是指外出服的毛衣，滑雪服和手工編織的外出服則除外）。

我認為女人的毛衣穿搭術，以英式和法式兩種最為高級洗鍊。

說到英國上流階層少女的典型服裝，例如穿著兩件式灰色喀什米爾毛衣——也就是短袖圓領毛衣和長袖的開襟毛衣合為一套，搭配顏色較深的毛織細紋長裙，然後圍上寬大的絲巾。絲巾大概是白底加上黃色、黑色的馬和馬具的圖案吧。鞋子和手提包看起來也都厚實耐用，就選用古馳（Gucci）的豬皮製品吧。

於是現在這身服裝還欠缺的是一條珍珠項鍊吧。如此一來就充滿了正統感！

至於說到法式穿搭法，毛衣就無法和皮衣分開來談。

法國人經常穿皮衣。穿上淡褐色、深褐色或深巧克力色的麂皮製成一般型式的外套、上衣和裙子。皮衣就只能搭配毛衣，最好搭配灰色、黑色和褐色的高級毛衣。並將絲巾綁在手提包的提把上。

將開襟毛衣前後反過來穿是善於創造第二種穿法的巴黎女孩的絕活。法式穿搭法比起英式顯得有些俏麗、隨興和媚俗，卻又不失實用與節約。

女人的毛衣穿搭術大致說到這裡為止。對了，最後還要補充一點，不管是毛衣還是皮衣，都是白天穿的，不適合晚上穿著。這是常識之前的問題，請容我多此一舉提醒。

■七金人

以前曾想過讓妻子穿上豹皮大衣。因為看到妻子的朋友在印度買了豹皮做成一件大衣還不錯，價格大約是三十萬日幣。

可是臨到頭來還好她本人打了退堂鼓而不了了之。我說還好倒不是因為省了一筆錢，而是之後兩人到巴黎時看到聖奧諾雷市郊路上的皮草店掛出了豹皮大衣。當場受到不小的衝擊。

我雖然對皮草一無所知，卻也一眼就能看出那是最高級的豹皮。也就是說，不管是質地、光澤、柔美的色調、斑點的細緻度等都極其完美，看起來就像是背後閃著金光似的。當初那件三十萬的外套如今已淪為老鼠皮般的低賤貨色。

穿上三十萬元的豹皮，如果和這背後閃著金光的傢伙擦身而過會是多麼的悲慘呢？事實上之後我也曾多次目睹過那種情景。在飯店大廳、餐廳、機場等地方，上等貨和下等貨的不期而遇。彼此心中作何感想呢？暗自吞下口水望著這一幕的日本人伊丹十三，真是情何以堪呀！

有部電影名為《七金人》（Sette uomini d'oro），女星露珊娜・波狄絲妲（Rossana

Podestà）在片中穿著豹皮大衣出場。因為她的個子嬌小，很多地方值得日本人參考借鏡——在我說這些道聽塗說的好聽話之前，各位請先記住：大部分穿上豹皮大衣的女人看起來都很像高級應召女郎。穿著皮草必須要有不被皮草壓過去的氣勢才行。只要覺得自己會被壓過，不如做件內裡全是貂皮的大衣吧。如此反而顯得更正統高雅。露珊娜・波狄絲妲之所以看起來好像應召女郎，當然是因為她在片中扮演銀行強盜的情婦所致。

■破鏡邊緣

我有一條聖羅蘭的草履蟲圖案領帶。那是在聖羅蘭當模特兒的高島三枝子送我的禮物。上面的草履蟲圖案越看越漂亮。我雖然非常喜歡草履蟲圖案，但大部分不是色彩鮮豔突兀，就是用色冷僻暗沉，或是圖案太大等，總是很難遇到心儀的東西。

結果就得到了這一條。這條聖羅蘭領帶從各方面來說都很完美。簡單來說就是紅底綠圖案，而且它的紅是有些暗沉的紅。

雖然暗沉卻又通透。這應該算是法式色調吧。使用的綠色也是有些暗沉的草綠色和暗沉的祖母綠色。

染色的目的不就是該讓每一種顏色都很鮮明嗎？日本的某種草木染就能染出鮮明的綠

色。然而我卻能從我擁有的這一條領帶感覺可以信任聖羅蘭這個設計師。能夠像他如此華麗、穩健且很有品味地運用許多色系的人畢竟不多。

珍・茜寶（Jean Seberg）在電影《破鏡邊緣》（Moment to Moment）中穿著聖羅蘭的衣服。衣服的布料是綠色、藍色、粉紅色和橘色的奇妙組合，顏色鮮明得讓人又愛又恨。

聖羅蘭的用色技巧，對於習慣具有隱身衣效果的同色系穿搭法的人應該頗值得借鏡。一次成功使用許多顏色是很困難的事，因此才能造就出不同等級的時尚美感。

還有一點，如果你以為巴黎的高級訂製服都是做些異想天開的服飾，那就大錯特錯了。看過這部電影也就能夠明白，越是單純平凡的衣服其實是用高雅的品味做出來的。這就是高級訂製服。

■The Group

同樣是人們的嗜好，居然在十幾、二十年之間有了如此重大轉變也真是奇怪，不是嗎？甚至可說是荒謬可笑。

例如回想一下二戰剛結束不久時的流行服飾，為了讓肩膀呈水平狀而縫入墊肩，腰身細到不能再細，裙子又寬又長，少說也有膝下二十公分吧。

還有醒目的綠色布料讓人直接想到是從撞球檯拆下來的天鵝絨做成的高級時尚。

男性服裝也不遑多讓。褲管越粗越趕得上最新流行。天然橡膠製的鞋底厚得跟壽司店裡的煎蛋卷不相上下，腳上沒有穿上這種鞋彷彿便矮了別人一截。

如果以我們今天的感覺來看，只覺得當時的人們是不是腦筋不太對勁，被某種丟臉的美學給附了身。那種心情就像是看著被狐狸欺騙的人津津有味吃著以為是麻糬的馬糞一樣。

據說流行是會循環的，所以說有一天我們將再由衷地接受那種服裝好看、很適合自己吧。如果重新回來，會是什麼時候呢？

「一百五十年後。」有學者如是說。

英國的服飾學者詹姆士・雷瓦（James Leiva）認為服飾的流行是：

十年前低俗

五年前不知廉恥

一年前大膽

當時漂亮好看

一年後難看

十年後醜陋
二十年後令人噴飯
三十年後滑稽
五十年後奇特
七十年後充滿魅力
一百年後浪漫
一百五十年後美麗

我又犯老毛病了，又臭又長寫了一大堆。最近剛上映的電影《The Group》，因為是一九三〇年代的故事，所以劇中服裝難免顯得滑稽。

■日本人不適合西方服飾

從西方回到日本，第一次走上街頭。感覺很難為情。

西式風格的人們走在西式風格的街頭。因為所有的西式風格都是假的，所以感到丟人。

說是全部怕會沒完沒了，那就鎖定在西方服飾吧。根據我個人的想法，日本人根本不適合西方服飾。問題出在日本人的長相和身材。

說得委婉點，就是立體感不夠。

說得直接點則是太過扁平。

從前有個叫塞尚的人說過：

「自然應該用球體、圓柱和圓錐去理解。」

同樣的說法也能解讀西方人的體型。但日本的骨骼就很難以球體、圓柱和圓錐去理解。

日本人穿西方服飾亦然。畢竟前不久還穿著「和服」，可說是平面裁製的極致。說來真是可憐，和服確實可以摺疊成平坦服貼，簡直就跟手帕一樣。

日本人穿的西方服飾感覺就像和服一樣也能攤平摺疊。不對，應該說我甚至覺得日本人的身體本來就能摺疊吧。所以怎麼可能適合西方服飾呢？

長相也是一樣。事實上所謂純粹、典型的日本人長相並不存在。只要是日本人就一定跟中國人、韓國人或是印尼人、菲律賓人、越南人等周邊國家人們的長相是通用的。

在西方的日本人常被誤認為是中國人。雖然很讓人生氣，但仔細想想似乎也犯不著動怒。總之在西方的日本人，每個人對於身為日本人的認同感都有若干深刻的體驗，但大家一致的結論是沒有純粹的日本人長相（相較之下，不可思議的是中國和韓國卻擁有非自己國人不可能有的典型長相）。

話題扯到哪了？對了，應該是要談日本人不適合西方服飾才對。說得露骨點，日本人的臉是後進國家的臉。不對，應該說穿上和服的日本人儼然是充滿了高度文明，但同一個人換上西方服飾立刻就變成後進國家的時髦紳士。

順帶說句略嫌不莊重的話，想來西方旅行者剛抵達日本時的印象肯定是：

「今日登陸日本。令人驚訝的是該國土民盡皆著西方服飾。」

不記得是赫本博士還是貝魯茲博士❶，又或者是其他西方人的日記吧，上面記錄了初次見到日本的印象：

「居民長相像猿猴或狐狸。」

此一印象至今仍未改變。

總之我們日本人不適合西方服飾的事實已毋庸置疑。否則來日本的西方人不會異口同

❶ 赫本博士：James Curtis Hepburn，一八一五－一九一一，美國醫療傳教師。貝魯茲博士：Erwin von Bälz，一八四九－一九一三，德國醫生。兩位都曾於日治時代到過日本。

聲都問日本人為何不穿和服呢？

也就是他們會問：

「你們為何要穿不合適的衣服呢？」

我想從以下這件事開始推廣我的西方服飾觀。也就是（我要再一次大聲呼籲）——「日本人不適合西方服飾！」

只要確定不適合，接下來就輕鬆多了。我從真正的結論說起吧：其實穿什麼服裝都無所謂。真的是穿什麼衣服都一樣，不是嗎？

反正我們就是不適合嘛。可是在日本還是常常聽到有人說「你穿的西裝不錯！」「真的很適合你」之類的稱讚，那是不行的。因為那一點都不像是西方服飾。

所以不要再動歪腦筋做些莫名其妙的加工或設計，只要走正常路線即可。正常的服飾以正常的方式穿著。男人只需如此即可。

問題是一開始就不知道什麼才叫做正常吧。要想做出正常的服飾有一個好方法。

那就是到倫敦找英國裁縫用英國布料訂做衣服，如此一來當然能做出正常的衣服——我猜吧。畢竟我也沒有做過。

遺憾的是此一方法太過花錢，而我又想不出其他的替代方案。其他方法只怕會做出某些地方不太正常的衣服吧。所謂正常的衣服，意味著各方面都必須跟原物嚴絲合縫絲毫不差才行。因此也需要有長遠的歷史背景支撐。

好吧，總是有機會去倫敦的。屆時就要訂做鶯糞色（草綠色）的毛料上衣和可替換的灰色法蘭絨長褲。褲管當然非得打摺不可。

然後繫上膿血色的領帶、穿上腐敗抹茶色的喀什米爾毛衣。鞋子則是穿人稱公牛血的紅褐色。

以上就是穿到哪裡都不會丟人的正常服飾，你有嗎？

看來正常服飾也挺困難的，不是嗎？假設已經讓倫敦的西裝店做了二十套衣服，恐怕也還是缺少一套灰色的特多龍（tetoron）混紡西裝衣褲吧。

而且呢，專程跑到倫敦訂做的這些衣服依然不適合自己也並非例外的事。

不過沒關係，這些都沒關係。你要知道反而是符合日本人感覺的服裝常被說成是贗品、三流，與其穿上那些衣服我還寧願被說是不適合自己。

西方服飾，尤其是好的西方服飾，重點不在於適合自己與否。就像長柄雨傘和旅行包一樣，只要是符合男性使用的服飾，是好東西就沒問題。

因此好的服飾要不顯眼、質地高級、保守傳統且帶點土氣。太過合適的服飾、完美無缺的服飾只會顯得這個人有點可疑。那種東西就交由騙子、賭徒穿在身上吧。他們從頭到腳的精心打扮反而凸顯了自身的可悲。

千萬別變成那樣。紳士就是要帶點土氣才好。土氣才不會讓對方感到疲累。比方說領帶別針這東西就很下等，其實不用那種東西反而能展現出不錯的土氣。

那種小巧美麗的配件很不好。我所謂的土氣，意味著胸襟開闊並非鄉巴佬。鄉巴佬才會配戴那種花大錢買的領帶別針，以為把錢花在這種看不見的地方才是追求真正的時尚精神。其實難掩小氣巴拉的薰心物欲。

本來日本人就有花功夫注重細節的壞毛病。因為廠商也知道這一點，所以不管是服飾、汽車還是廚房用品，總是會莫名其妙地做個暗袋，加上不必要的花紋圖案等想出一些小市民色彩的創意點子。尤其又是大量生產更顯得奇怪。明明應該是符合個人趣味的設計，卻有好幾十萬人同時使用。

服裝也是一樣。不信星期天到銀座瞧瞧！（會讓人不禁想大喊：這是怎麼回事）整條街上充斥著盡是那些「時髦亮麗」的年輕人們。

每個人都標榜是常春藤校園風或大陸風，自以為很講究流行的偏好吧；但我看就是不行，再怎麼努力打扮，不過只是花了一些功夫把市售成衣拿來重新組合罷了。

我覺得實在很不像話。強調個性根本毫無意義，不是嗎？因為那樣子本來就表現不出個性，表現出來的只有自己為了引人注目的醜態而已。那種東西跟個性一點關係都沒有，追求個性化裝扮之類的話不該出自一個大男人的嘴裡。

衣服這種東西，越是穿上設計性強的東西，且該設計性越是風靡社會時，便幾乎已呈現出制服的效果。

心想今天一定要引人注目穿上剛買來的最新流行服飾走上街頭，這樣的你是不行的！一旦躋身在充斥於街頭的制服之中，你就會變成透明人。

也就是說，那麼做是沒用的。因為大家有志一同，感覺就像是兩個棒球隊以同樣的捕手暗號手勢進行比賽一樣，觀眾只會看得索然無味。

試圖以最新流行服飾展現個性的愚蠢性就在於此。

話又說回來，個性這種東西豈是在成衣店、舶來品店用一萬、兩萬的價錢販賣的呢？有空時不妨好好想一想吧。

■一、二、三

我很怕跟女人交談。說白了，就是得放慢速度才行，我覺得很麻煩。女人喜歡的話題是巴洛克音樂，但跟女人聊時會連音樂也變得模稜兩可莫衷一是。

「不是有貝斯手嗎？」

「有呀。」

「我覺得很帥氣。」

「不錯嘛。」

「聽說有沒有用到貝斯手，感覺完全不一樣。」

「那倒是真的。」

「是喔。那貝斯手彈的是什麼呢？」

「就是根據該小節的尾聲彈出節奏吧……」

「所以是節奏樂器嘍。」

為了取悅女人，我改成這樣的話題。

「黑澤明導演的公子說要學習彈貝斯，我被交付幫忙買貝斯的任務。因為朋友是弦樂器的專家，於是我便和那傢伙一起去選購，然後搭車專程送到黑澤導演家。結果是黑澤導演的母親出來開門。她是一個親切的老太太，但因為對貝斯一無所知而大吃一驚說：天啊，得用多大的撥片才能彈奏這東西呢……」

女人聽了面無笑容，或許是不知道撥片是什麼東西吧。

「最近在電視上看了卡拉揚（Karajan），原來古典音樂裡面也會用到貝斯。」

也許能像這樣跟人自然聊天的男人才會「受到女人歡迎」，那我不禁覺得乾脆別受到女人歡迎還比較好哩。

「我在學習吉他。」

「是喔，那很好呀。」

「可是只學了一個月就停了。」

「為什麼？」

「因為弦斷了嘛。」

那還真叫人難過。

有的女人會說出莫名其妙的話。有個剛從巴黎回來的女人竟然說出：

「因為很充實所以很空虛。」

還有個女人說：

「我想藉由與你見面來確定自己的過去。」

我完全聽不懂她在說什麼，只覺得心裡有些毛毛的。

對付這種女人只能用同樣手法反擊。也就是以毒攻毒。

「好空虛呀！可是這樣才叫做充實嘛。」這樣的回答如何？

「傻瓜！我才正是藉由跟妳見面好確定自己的過去呀。」

嘻嘻！光是用寫的，已讓我覺得興奮難耐。

約會即將結束之際，有的女人會說：

「留下了很棒的回憶。」

我實在想不出比這個更掃興的台詞了，對方也遲鈍到無法察覺自己的失言吧。

這應該只是我個人的經驗，感覺聽到那種說法會讓一切都變成了蒙塵的折舊商品。

「很棒的回憶」到底是什麼意思嘛？

我有個萬人迷的帥哥朋友，一度迷上了這種女人。不久之後我的帥哥朋友悄然出現。

「你跟那個女人怎麼樣了呢？」
「唉，本來還發展得不錯。結果她突然跟我要照片，我就給了她一張。」
「是喔，那很好呀。」
「才不好呢。之後我去她家玩，她說『上次那張照片，我拿來給你看看吧』，她來拿我一看，我的照片居然就貼在家庭相簿的最新一頁上。真是掃興。」
那樣做的確會讓人覺得掃興。
看來女人似乎有偏好固定模式的毛病。不是說她們使用同一個模式，或許是自己拚命想出來具有獨創性、很有魅力的發明剛好跟大家一致也說不定。
比方說像這種：
「如果我死了，你會哭嗎？」
「你一定不會哭吧！」
之後的台詞都一樣。
還有最有名的：
「你喜歡我嗎？」

然後開始一連串的質詢。

「你愛我嗎？」

「有多愛？」

「比起世界上的任何一個人都愛嗎？」

如果回答喜歡：

「真的喜歡？」

「你怎麼知道你喜歡我呢？」

「你喜歡我什麼地方？」

簡直沒完沒了。關於如何回答，每個人大概都自有其對策吧，但要不說謊又能滿足對方可就困難了。有一個知名的方法叫做省略法。

「你愛我嗎？」

「你不是早就已經知道嗎？」

其實後面接著的句子「我不愛你的事實」被省略了。

我最喜歡的是直接說出當下的心情，這種方式最為輕鬆愉快。

「你喜歡我嗎？」

「還好吧。」
「有多喜歡呢？」
「普通。」
「那跟某某人比，你喜歡誰？」
「某某人也是普通喜歡。」
「是喔。那我跟某某人誰比較普通？」
「兩人都一樣普通。」
「……」
就此便能打住。之後女人再問：
「你還是覺得我普通嗎？」
到時候就只要回答「不會呀，還好」即可。

大致說來女人就是笨。「一旦在一起」男人立刻就對女人感到厭倦。不是因為想要厭倦而厭倦，男人也不想要厭倦。畢竟沒有比跟喜歡的人永遠相愛更幸福的事了。結果女人還是讓不想要厭倦的男人心生厭倦。

也就是說，「一旦在一起」後便縮短距離是不對的。男女之間的關係是一種放電現象，當兩極之間的距離為零時，放電現象也就消失不再了。

過去經歷不同生活環境的兩人要在一起相處愉快本來就是一種奇蹟。相處有摩擦不是想當然耳的道理嗎？如此簡單的事也不懂。

所以要想不讓男人感到厭倦，女人該專心一意讓彼此之間保持適當的距離。也就是經常退一步躲在背後。如此一來男人就會開始追女人。隨時讓男人想追是女人的義務。這是我個人的想望。

動不動就問「你愛我嗎？」是怎麼一回事？

不死纏爛打地追問就不回答的話，那種「愛」怕也早就凋謝了吧！女人們千萬要記住呀。

正在追女人的男人，不用問也知道答案是肯定的。這一點難道你們忘了嗎？是呀，我才不想對女人產生厭倦。

「你現在心裡在想什麼？」

這是個無法回答的問題。男人通常會回答：

「沒有呀，我沒有在想什麼。」

如果對方對這樣的回答照單全收也讓人很困擾。因為男人隨時隨地都陷入各式各樣的思考當中。

「為什麼屁股一帶的皮膚好像起雞皮疙瘩呢？看起來跟豬皮一樣真難看。還有那種內褲也很討厭。尼龍材質的，太俗豔，不太好吧。而且內褲的立襠（股上）也太長了吧，整個小腹鬆垮下垂，真是難看——可是股上這兩個字唸成matagami，那股下（下襠）不是應該唸成matagimo嗎？既然股下唸成matashita，股上應該是mataue❶吧——這麼說來，讀中學時還以為matagami的漢字是股紙，大概是想到了型紙（打版紙）吧——型紙唸做katagami，偏偏紙型二字不唸做kamigata而是shike——那紙型又是什麼東西呢？好像跟印刷還是活版有關的專有名詞吧——這麼說來，跟我們出版社有生意往來的印刷廠應該是姓三谷的老頭開的吧。每次問他『景氣如何？』，他就回『跟女人的丁字褲一樣』。『如何解？』『只能緊咬著不放』——」

---

❶日文中上與下的漢字發音有兩組，ue和shita，kami和shimo。通常使用時各自成對，但此處的股上與股下剛好例外。

「我說你呀……」

女人就是會挑這個瞬間提問。

「現在在想什麼？」

凡是方便讓妳知道的內容，我都沒有在想，笨蛋！

於是只能回答：

「沒有呀，我沒有在想什麼。」

最後還有一個故事要說，一個有點說教味道的小故事。希望能讓今後打算結婚的男人至少要提起如此的氣魄才行。

一對正在新婚旅行的新郎新娘，因為天氣很好，於是騎著馬一起出門散心。新郎的馬在前方帶路慢慢地往樹林中騎去，載著新娘的馬經過低矮的樹梢時，一根小樹枝打在新娘的額頭上。

一看到這一幕，新郎立刻跳下馬來跑到新娘的馬身邊，狠狠瞪了馬臉好一陣子才說：

「一！」

兩人繼續騎馬散步，不久後來到河邊。

這時新娘的馬踢到石頭踉蹌了一下，差點把新娘給摔落下來。

看到這一幕新郎又立刻下馬跑到新娘的馬身邊，狠狠地瞪了馬臉良久後才說：

「二！」

兩人繼續騎馬散步，不久後來到了草原裡。

突然間一隻兔子從新娘的馬前面飛奔而過，新娘的馬受到驚嚇，兩隻前腳都跳了起來，新娘立刻從馬背上跌落下來。這時已經下馬的新郎對著馬大叫：

「這次到三了！」

同時也從懷裡掏出手槍直接擊中馬的雙眼之間。

新娘當場嚇得茫然若失，久久發不出聲音。好不容易才像沖破堤防的洪水般大罵：

「哎呀！你這個人怎麼會這麼殘忍！居然打死這麼可憐的生物！這匹馬哪有什麼罪過？牠一點罪過都沒有！可是你卻打死了牠！你是瘋子！沒錯，我就要說，你……你是虐待狂！」

這時只見新郎靜靜地回頭看著新娘，眼光冷漠地盯著新娘的臉說：

「一！」

徵求配偶

一、成長於極其奢侈的家庭環境者。
二、但不害怕貧窮的人。
三、氣質高雅如蘭。
四、同時長相可愛。
五、擁有性感的身材。
六、善於演奏樂器（但口琴、烏克麗麗、曼陀林除外）。
七、喜愛巴洛克音樂。
八、個性開朗，有自制力。
九、擅長按摩（這一點很重要）。
十、天涯孤獨一人，或是擁有充滿魅力的家人（漂亮的姊妹們！）。
十一、愛用Lou的內衣、愛馬仕的皮包、佐登的鞋子。
十二、最喜歡的小說是沙林傑的《麥田捕手》。
十三、能夠說隻字片語的外國話。
十四、當然要會喝酒。
十五、擅長做菜。

十六、但不知為何卻對炸豬排三明治、牛肉大和煮❶罐頭等平價食物缺乏抵抗力。
十七、愛貓。
十八、不認為化妝有其必要。
十九、頭腦很好但也有傻氣的地方。
二十、傻氣但不愚蠢。
二十一、還沒發覺自己是個美女。
二十二、認為伊丹十三是世界上最偉大的人。
二十三、比我小兩輪的少女。
不過稍微計算一下，即便小十歲都太過勉強，因為算一算對方才只有九歲。

❶大和煮是以砂糖、醬油、生薑調味的燉煮法。

日文系 057

女人們！

作　　者｜伊丹十三
譯　　者｜張秋明
出 版 者｜大田出版有限公司
台北市一○四四五中山北路二段二十六巷二號二樓
E-mail｜titan@morningstar.com.tw　http://www.titan3.com.tw
編輯部專線｜（02）2562-1383　傳真：（02）2581-8761
總 編 輯｜莊培園
副總編輯｜蔡鳳儀
行銷編輯｜陳映璇
行政編輯｜林珈羽
編輯協力｜中村玲
校　　對｜黃薇霓／黃素芬
初　　刷｜二○二一年十二月十二日　定價：三八○元
購書E-mail｜service@morningstar.com.tw
網路書店｜http://www.morningstar.com.tw（晨星網路書店）
TEL：04-2359-5819　FAX：04-2359-5493
郵政劃撥｜15060393（知己圖書股份有限公司）
印　　刷｜上好印刷股份有限公司
國際書碼｜978-986-179-691-8　CIP：861.6/110015835

填回函雙重禮
①立即送購書優惠券
②抽獎小禮物

國家圖書館出版品預行編目資料

女人們！／伊丹十三著；張秋明譯．
——初版——臺北市：大田，2021.12
面；公分．——（日文系；057）

ISBN 978-986-179-691-8（平裝）

861.6　　110015835